日本人
也不知道的日本語(1)

量詞、敬語、文化歷史……
學會連日本人都會對你說「讚」的正確日語

蛇蔵＆海野凪子

教外國人日本語是什麼樣的感覺？

每天都是這種情況

※1「冷める」：熱的東西→常溫「冷える」：常溫→更涼
※2「才」是「歳」的替代字，這是因為在小學時候不會教「歳」這個字。不過「歳」才是正式的漢字。
※3「袖ビーム」：指欄杆頂端呈現圓形的部分。

雖然這個日本語學校
每天都呈現混亂的狀態，
但希望你們能喜歡
這本書的內容，
我就感到心滿意足了。

※「立って」為「立つ」的中止型，作用是為了連結「立つ」和「言う」這兩個動詞，但是學生誤解為「『た』って言って下さい」，意為「請說『た』」。

【第1章】

外國人看似單純的疑問其實很難回答

「那個」要怎麼說

※1lux即為1lm光通量均勻分布在一平方米平面上所產生的照度，照度所顯示的就是人眼睛感受到的明暗程度。

為了應付這種學生，於是我決定好好研究一番
「おたま」的由來是是因為長得形狀像蝌蚪的關係※
頭的部分!?
那……「しゃくし」又是什麼？
杓子（しゃくし）是しゃもじ的舊名
為什麼會演變成「しゃもじ」是因為
嘿嘿~你不覺得「もじ」聽起來很可愛嗎
宮中的貴人（室町）
好可愛好可愛
那就把所有東西都加上「もじ」吧
杓子（しゃくし）變成「しゃもじ」，かつら（假髮）就是「かもじ」，ゆかた（浴衣）就是「ゆもじ」
真的好可愛喔我也要用這種說法
於是變成一股潮流

※蝌蚪的日文是おたましゃくし

原來是古時候的火星文啊
「ひもじい」「ほのじ」（惚の字）也是
這股風氣擴展到庶民之間大約是在江戶時代
「如何成為理想女性」的攻略書《女重宝記》成為當時的最暢銷書籍
書中是這麼介紹的：「名媛都是如此用字遣詞」
以前跟現在也沒差多少嘛
女性的品格
就這樣做足萬全的準備
下一堂課
來吧！千奇百怪的問題
燃燒
燃燒
燃燒

正解：グレイビーボート　　正解：さじ

名為量詞的迷宮

蘋果是「一個」，紅蘿蔔是「一本」
像這樣用來數數量單位的詞叫做量詞
但在英文、德文裡並沒有
中、韓、泰文是有
又細又長的物體我們就用「一本」來數它吧
一本
河
蔥
那……蛇也是「一本」對吧
蛇是用「一匹」來數啦，因為牠是動物
日本人會依「生物」和「無生物」來分別使用不同的數法喔
在中國的話，河和蛇都是用「條」來數啊……

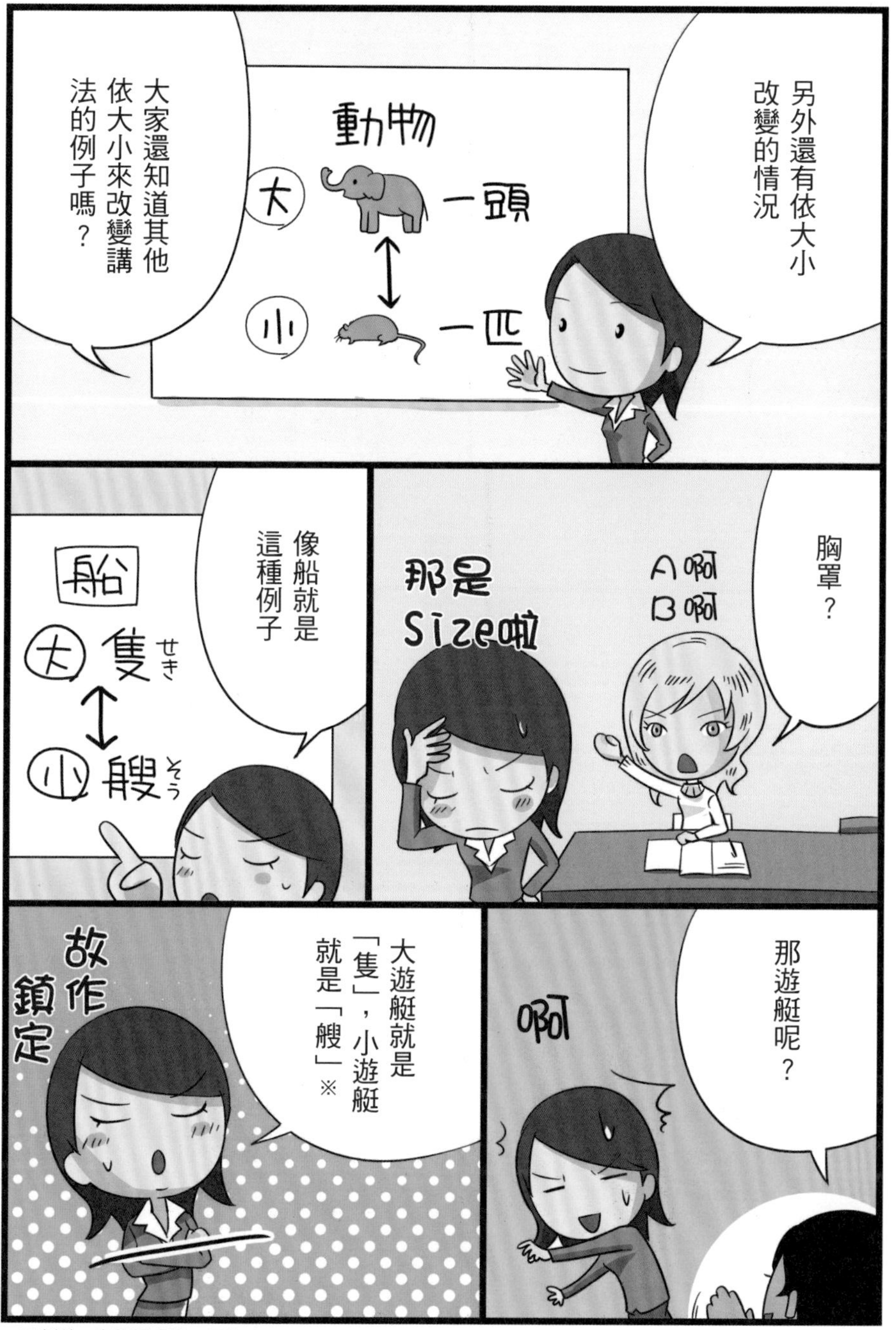
另外還有依大小改變的情況
動物
大
一頭
小
一匹
大家還知道其他依大小來改變講法的例子嗎？
胸罩？
A啊
B啊
那是Size啦
像船就是這種例子
船
大
隻
せき
小
艘
そう
那遊艇呢？
啊
大遊艇就是「隻」，小遊艇就是「艘」※
故作鎮定

※例外：汽艇是「艇」（てい）

※查了之後發現馬桶是用「据（すえ）」來數

滑雪板呢？
讓我回家查一下……
※兩根為一套，所以是「一台」。
王者基多拉（三頭金龍）有三個頭也是「一頭」嗎？
我沒看過所以沒辦法回答……
今天應該學到很多了吧
喘喘
最後一題，人要用什麼數呢？
「匹（ひき）」!!
跌倒
你看你看！在字典是寫「男一匹（おとこいっぴき）」啊!!
量詞真的像是迷宮一樣啊
來這招啊——

※男一匹是男子漢的意思。

ESSAY 01 >>>

日本語學校的故事

就讀於日本的日本語學校學生大多數是持有「就學生」的居留資格，平成十八年度有將近三萬名學生就讀於日本語學校。目的當然是「學習日本語」，大部分留學生先在日本語學校學習日文，再到以升學為目標的大學就讀。

常常會有人說：「日本語老師？哇～那一定英文很好囉！」，但其實在日本不一定要會說外文也可以當日本語老師。那是因為有很多學校都以直接法授課，就是「直接用日文教日本語」。起初對日語感到困惑的學生，約經過一年就可以達到基本生活會話無虞的程度（只要有好好上課的話！）。

我認為日本語教師是非常有魅力的工作。這份工作不僅讓自己重新認識日本這個國家和日本語，而且居住在日本就可以吸收世界各國的情報。雖然有時候學生的問題非常尖銳，害我心臟差點跳出來了呢。

【歡迎來到日本語學校】

日本語學校 入學式
日本語學校入學式
校長用日文說
不懂日本語的人請舉手
唉……這樣問哪有人會舉手啊
幹嘛用日文問啊
有人舉手了!!
而且還不少

EXAM 01 >>>

小試身手！日本語測驗①

量詞的測驗

請選擇適當的量詞，連連看。

1) ●枕 ・	・座
2) ●昆布 ・	・連
3) ●宝石 ・	・基
4) ●山 ・	・挺
5) ●蝋燭 ・	・顆

解答 >>>

1) き【基】：用來數靜置的物品。
例）燈籠（灯籠とうろう）•墓碑（墓石ぼせき）……等
2) れん【連】：（古時候也寫做「聯」）用來數一捆一捆的東西。
例）魚乾串（めざし——）、柿子乾（ほし柿三—）
3) か【顆】：用來數呈現粒狀的物體，例如：玉、果實……等。
4) ざ【座】：用來數山峰的單位詞。
5) ちょう【挺】：用來數呈現細長狀態的物體。
例）鋤頭、犁（鋤すき）•鏟、鍬（鍬くわ）……墨（墨すみ）、槍（銃じゅう）、
船槳（艪ろ）……三線琴（三味線しゃみせん）……等

【天使】

【食品模型】

留學生想要帶回家鄉的東西

麥可：美國人

【第2章】

沒有這種日本語

看電影學習語言

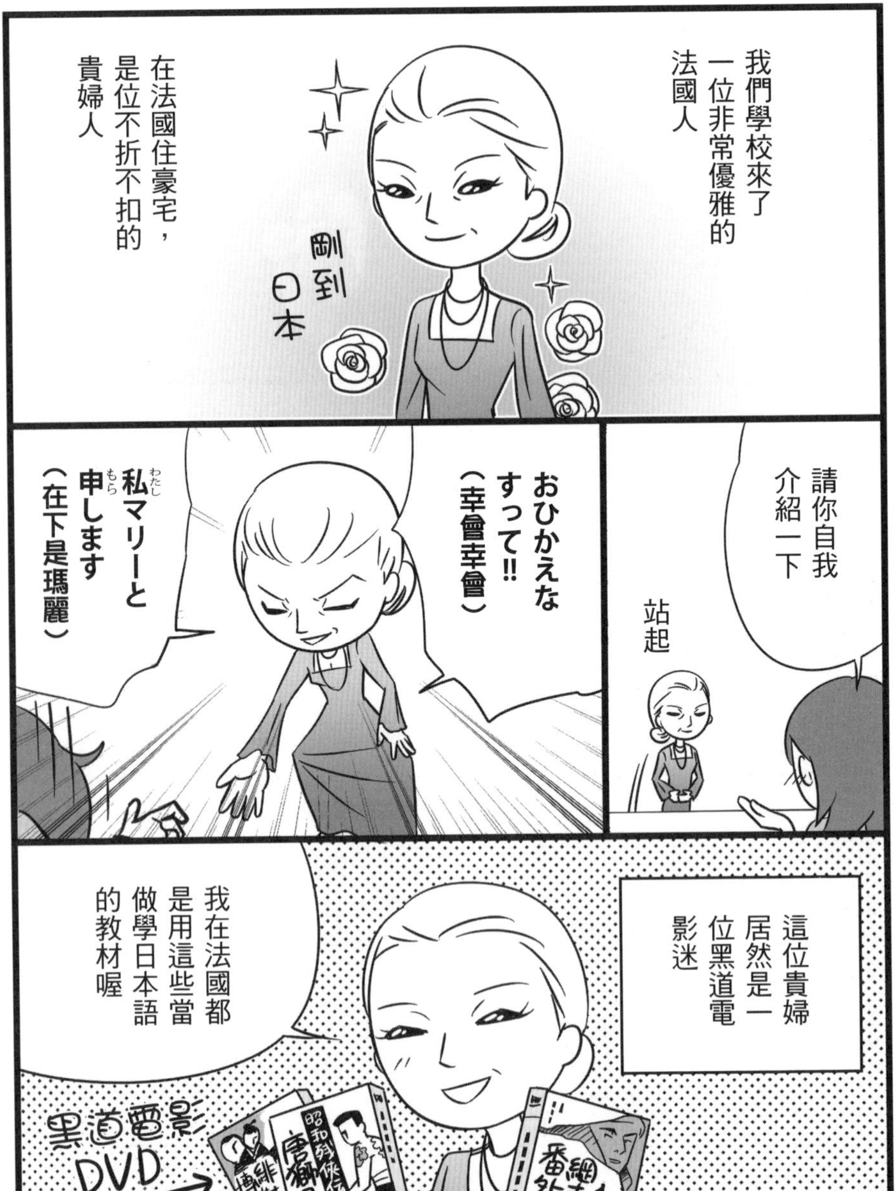

我們學校來了一位非常優雅的法國人
在法國住豪宅，是位不折不扣的貴婦人
剛到日本
請你自我介紹一下
站起
おひかえなすって!!（幸會幸會）
私マリーと申します（在下是瑪麗）
這位貴婦居然是一位黑道電影迷
我在法國都是用這些當做學日本語的教材喔
黑道電影DVD
網走番外地

所以老師
逼近
請叫我大姊吧
不行啦
水臭いこと……お言いでないよ（別說這麼見外的話嘛……）
哇啊啊
呼
我的日本語有用錯嗎？
文法是沒有錯啦，根本的問題在於……
現在日本人不會這樣講話啦
好不容易才背起來的……

原本只是想要表達「唉～你有在聽我說話嗎」的意思而已

但是要外國人分辨普通的日本語和黑道用語根本就是不可能
てめえ、シカトすんな
（唉！哩係操依郎喔）
蝦咪!!
シカト
原本是黑道用語，由來是在花牌中畫著鹿的牌（表示十點），裡面的鹿是別過臉去
所以鹿十（しかとう）↓シカト
這是非常不好的話，千萬不要用喔
不好意思
不愧是老師，懂得真多

我覺得Nagiko老師是「ピカイチ」
什麼?!
ピカイチ
在花牌中唯一一張被稱為「光物(ひかりもの)」的高分牌
貴婦的黑道用語就像是打地鼠一樣接踵而來
碰
哈!
碰
我打!
ピカイチ
※
ボンクラ
在一旁看著的法國人說
她的法文用字其實非常優雅呢
就當作是這樣吧!!
路易

※「ボンクラ」／原意是指賭博技巧很差的人，後來引申為未深思熟慮處事的人。

看電影學習文化

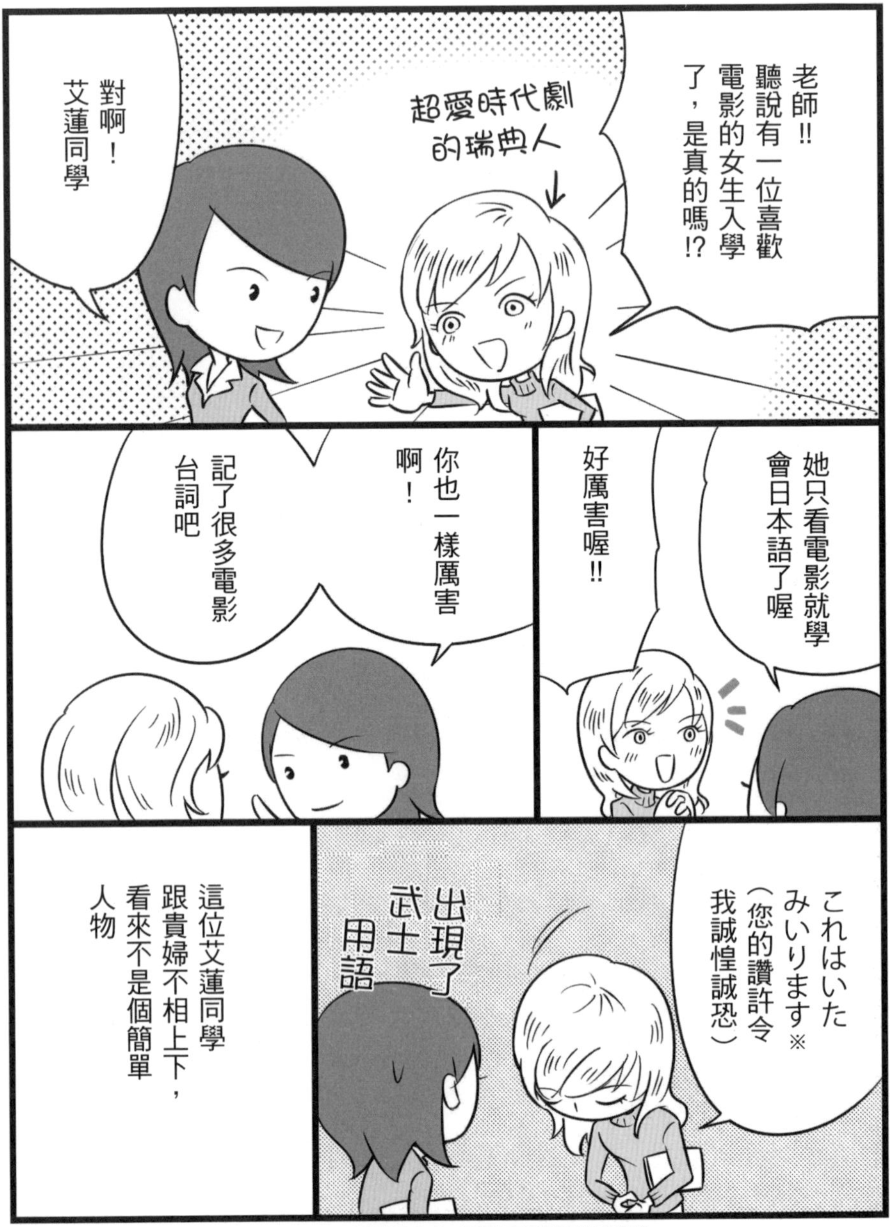
老師!!
聽說有一位喜歡電影的女生入學了，是真的嗎!?
超愛時代劇的瑞典人
對啊！
艾蓮同學
她只看電影就學會日本語了喔
好厲害喔!!
你也一樣厲害啊！
記了很多電影台詞吧
これはいたみいります※
（您的讚許令我誠惶誠恐）
出現了武士用語
這位艾蓮同學跟貴婦不相上下，看來不是個簡單人物

※痛み入る／因對方的好意感到惶恐

留學的動機是
因為很崇拜
呵……
七武士
黑澤明電影
哇…因為這個理由就來留學啦……（佩服），
日本這個國家在瑞典有名嗎？
完～全沒有
所以當我說想要去日本留學的時候
日本!? 千萬不要去那種野蠻的國家，太危險了
對啊對啊!! 萬一被武士腰斬怎麼辦!!
不要去那種聽都沒聽過的國家啦

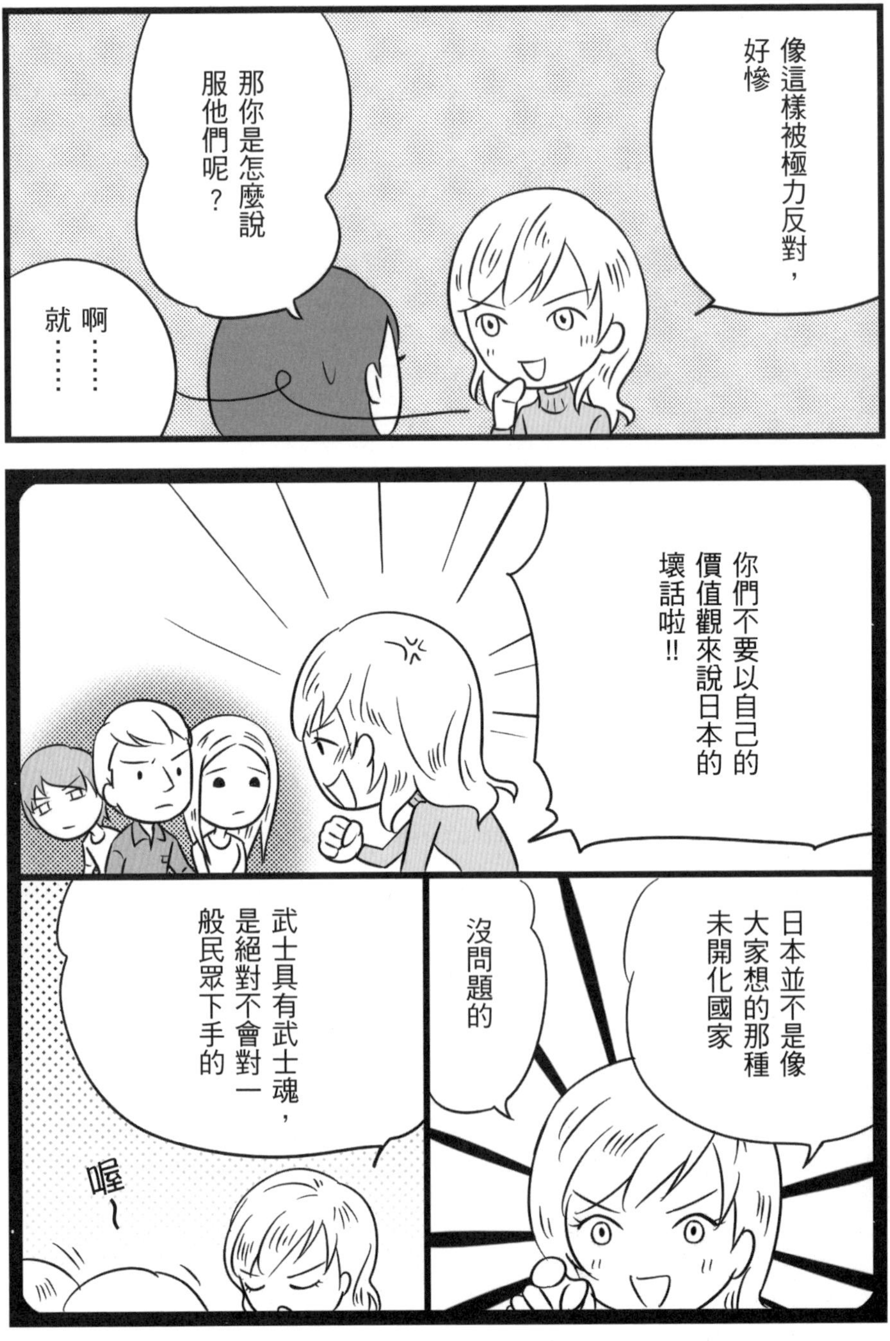
像這樣被極力反對，好慘
那你是怎麼說服他們呢？
啊……就……
你們不要以自己的價值觀來說日本的壞話啦!!
日本並不是像大家想的那種未開化國家
沒問題的
武士具有武士魂，是絕對不會對一般民眾下手的
喔～

既然是他們的興趣我就沒有辦法阻止啦

ESSAY 02 >>>

用漫畫學日本語

日本的動畫和漫畫在世界各國都具有超人氣！幾年前，大多數的外國留學生都說：「日本人好奇怪喔！居然大人也會看漫畫雜誌，好像小孩子一樣。」不過現在卻是「大人」買動漫的圖片，或是閱讀更多的「漫畫」來學日本語喔。

日本的遊戲也很受歡迎，也有很多學生是直接背遊戲中的對話。不少學生拚命地玩格鬥遊戲，說是為了和日本人吵架時用，不過……到頭來會不會反而雞同鴨講啊？

日本的動畫和漫畫因為有圖片，所以用來學日本語是比較容易懂的，但是其中有許多用語比較隨便、或是變形的說法，例如：「メメタァ」、「メギャン」等很難解釋的擬聲語，這又是個問題啊……

【太古老了】

そうでござるか
（原來如此）
武士用語
被流傳開了!!
搖晃
跟艾蓮學的？
不不
這是我課本裡寫的例句
你看
ござる
「～です」の
謙讓語
這是多久以前的書啊!?

EXAM 02 >>>

小試身手！日本語測驗②

日本語能力測驗
1級程度
（文字・語彙）

請問下列題目中粗體字的部分要怎麼唸呢？
請在①・②・③・④四個選項中選出最適當的答案。

A）
これら二つの薬品は名前が**類似**していて**紛**らわしいため、厚生省は変更を**促**した。

ア●**類似**	①るいに	②るいい	③るいじ	④るいし
イ●**紛らわしい**	①わずらわしい	②こならわしい	③わけらわしい	④まぎらわしい
ウ●**促した**	①そくした	②うながした	③たした	④あしした

B）
物やサービスの**価格**は商品の**需要**と**供給**の関係によって決まる。

ア●**価格**	①かかく	②かち	③ねだん	④かこう
イ●**需要**	①じゅうよう	②じゅよう	③しゅよう	④うよう
ウ●**供給**	①きゅうきょう	②きょきゅう	③きょきょう	④きょうきゅう

C）
この製品は、国内市場ではすでに**飽和**状態となっているため、
海外に向けて**販路**の**開拓**を目指している。

ア●**飽和**	①しょくわ	②ほうわ	③しょくあ	④ほうあ
イ●**販路**	①ばいろ	②たんろ	③はんろ	④はんらく
ウ●**開拓**	①かいたく	②かいさい	③ひらたく	④かいしゃく

解答 >>>

A）ア―③　イ―④　ウ―②
B）ア―①　イ―②　ウ―④
C）ア―②　イ―③　ウ―①

日本語能力測驗，是「不以日本語為母語（從小就使用的語言）的人」為對象，推測其日文能力並分級做認定的試驗。級數有1級到4級（2010年起有做變更為新日檢考試，級數為N1～N5），1級的認定標準為「學習高難度的文法、漢字（2,000字左右）、語彙（10,000字左右），擁有在社會上、工作上需要的綜合日本語能力」。（引自「日本語能力試驗官方網站」）

【用電視學習文化的話】

※為了因應很多媽媽帶著小孩出門的需求，許多女廁裡都有放置小便斗。

【石獅子】

留學生想要帶回家鄉的東西

瑪莉：法國人

【第3章】

錯誤的敬語

你使用的敬語正確嗎？

今天我們來學有禮貌的敬語吧
「私は～と言います」用「私は～と申します」來代替
那……傑克同學
私はジャックと思います（我認為我應該是傑克）
不是「思います」，是「申します」
是有多不確定啊……
這個自我介紹
原本是這種程度的傑克同學，如今
老師，我可以問關於敬語的問題嗎？
請問「教えて頂けますか」跟「教えて下さいませんか」的差別是什麼？
差別在於可以被教導的權利多寡程度
進步真多
〈可以被教導的權利多寡程度〉
低←→高
教えて頂けますか?
教えて下さいませんか?

我明白了
那麼，「さしつかえなければ」和「おそれいりますが」分別要在什麼情況下使用比較恰當呢？
你真的是很優秀
ずい
這兩者的差別在於你給予對方可以拒絕你的程度
〈對方可以拒絕你的程度〉
高 低
おそれいりますが／不好意思（雖然是謙遜的口吻，但某種程度有強迫對方接受的意味）
さしつかえなければ／如果不麻煩您的話（對方可以拒絕）
嗯嗯
嗯嗯
老實說，比起邊學邊記的外國人，反而日本人用錯敬語的情況更嚴重
舉例來說
なぎこ先生（せんせい）おられますか？（Nagiko老師在嗎？）
這句話的文法是錯的
日本人職員

「おる」是「居る」的謙讓語，所以不能再加「られる」當做尊敬語用喔
在學生面前要特別注意
打擊
我一直都這麼說
其、其他還有哪裡有講錯的嗎？
嗯……我記得你好像有說過「おっしゃられた」這個講法……
啊!! 有有有
「おっしゃる」（尊敬語）＋「られる」（尊敬形）會變成雙重敬語
那……要怎麼說比較好呢
只要單純的說「おっしゃった」就好了
謝謝老師的指導!! 請你也多多加油（がんばって）喔!!

「がんばれ」原本應該是用來激勵後輩的話語……
論年紀算是前輩
可是這個情況要怎麼說比較恰當呢？
被傑克同學問之前要查好才行
應該有像「ご苦労さま」
對前輩、長輩要說「お疲れさま」這種規則的東西
的確「がんばって下さい」
對前輩、長輩說是不恰當，這時候我們可以說「お疲れの出ませんように」（不要感到勞累）喔。
我從來沒聽過這麼優雅的日本語
到底有誰會用啊
插花名師
不過當我這麼想的時候，傑克同學真的用了
次おめもじ叶う日を楽しみにしております。先生もお疲れのでませんように（我非常期待能夠再拜見您的那天，老師也不要太勞累了喔）
おめもじ「会う」的謙讓語，太古老了現在沒人用
你應該是用非常古老的書當課本吧

錯誤連篇的打工式敬語

來自中國的趙同學，因為曾在中國的大學學過日本語，所以入學時就已經會用敬語了。
但是
先生様先生様（老師先生老師先生）
非常感謝您在我的報告上提筆寫下珍貴的話語
深深一鞠躬
我並不是什麼皇帝之類的啦
總是超級有禮貌
在老師後面不用加様喔
「かしこまりました」（我明白了）
這裡是餐廳嗎？
這時候用「わかりました」（我知道了）就好

趙同學的課題是要如何適時適地地使用敬語喔
既然都來到日本了，多聽日本人之間的對話來學習也不錯喔
好!!
——不過
ご注文の方以上でよろしかったでしょうか（您要點的東西這樣就可以了嗎）
我真希望你說「ご注文は以上でよろしいですか」比較好……
會使用「～の方」的情況有：
①比較
「AよりBの方が好き」
（比起A，較喜歡B）
②大約、大概的說法
「東京の方から来ました」
（我從東京那一帶來的）
「並不是在所有字後面都可以加上去就表示有禮貌」的神奇字眼
明確的說應該是不要亂加～

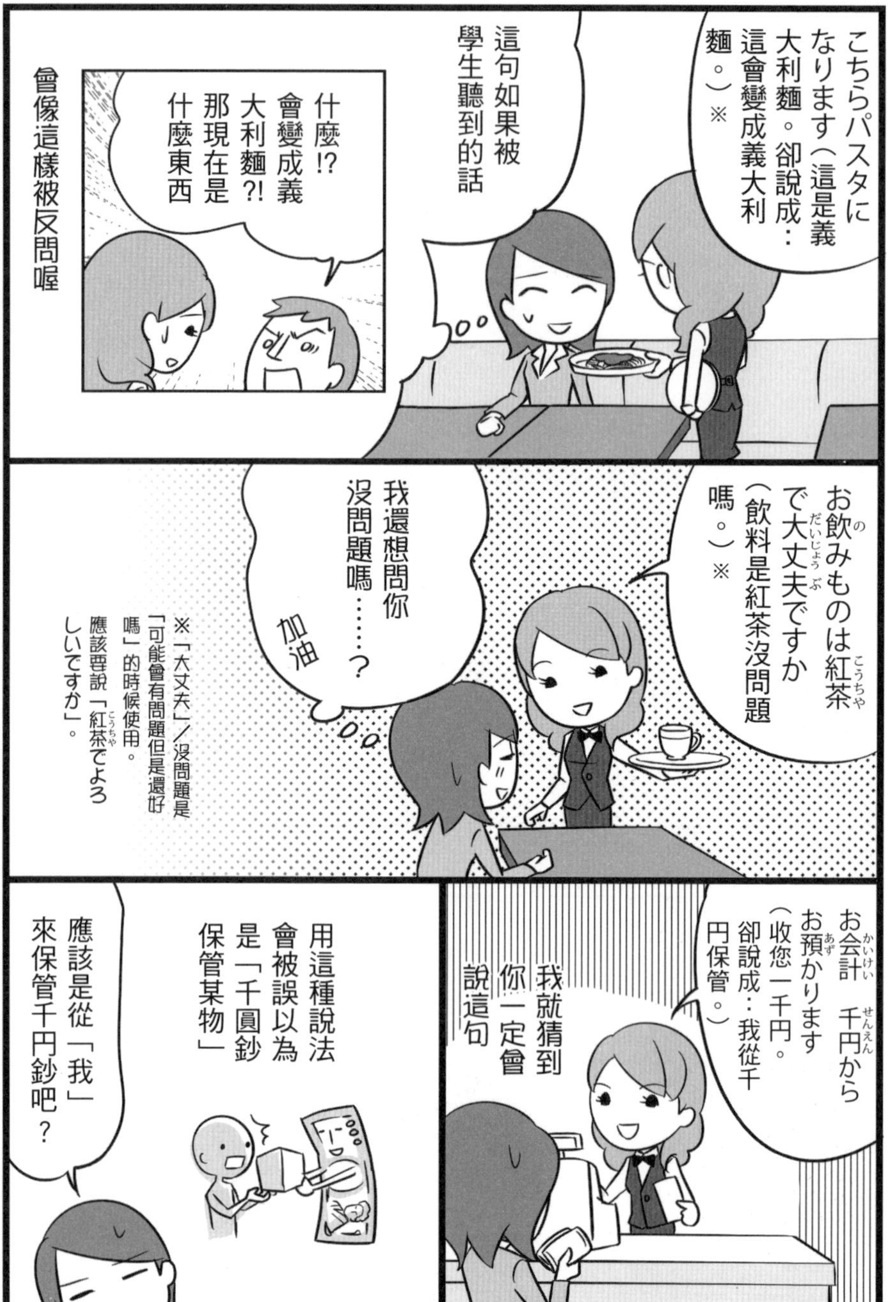

こちらパスタになります（這是義大利麵。卻說成：這會變成義大利麵。）※
這句如果被學生聽到的話
什麼!? 會變成義大利麵?! 那現在是什麼東西
會像這樣被反問喔
お飲みものは紅茶で大丈夫ですか（飲料是紅茶沒問題嗎。）※
我還想問你沒問題嗎……？
加油
※「大丈夫」／沒問題是「可能會有問題但是還好嗎」的時候使用。應該要說「紅茶でよろしいですか」。
お会計　千円からお預かりします（收您一千円。卻說成：我從千円保管。）
我就猜到你一定會說這句
用這種說法會被誤以為是「千圓鈔保管某物」
應該是從「我」來保管千円鈔吧？

※正確說法是「パスタでございます」

因為我自己是老師所以才會變得特別敏感，可是……
趙同學的敬語如果來日本之後反而變差，就太可惜了
無視於我的擔憂，趙同學正積極地想要融入日本社會
決定開始打工了
是當餐廳服務生
喔～不錯喔
※對於留學生來說注重會話能力的服務業是場難關
祈禱不要學到一些奇奇怪怪的打工式敬語
一星期後
這作業請在明天以前完成喔
ハイ!!よろこんでー!!
（好!!非常樂意!!）
在哪間居酒屋學的啊
果然還是惡化了

※在日本有叫做〇庄的連鎖居酒屋用「ハイよろこんでー!!」來代替「わかりました」

ESSAY 03 >>>

令人頭疼的打工式敬語

日本人也對「敬語」有點棘手，不過外國人在學習日本語時，「敬語」是一個很重要的關鍵。「敬語」有很多種型式，對某人的行為使用恰當的字詞並不是件簡單的事。

雖然常聽到有些學生會毅然決然地說：「我用不到敬語所以不想學」，但若要在日本生活，是無法和「敬語」完全劃清界線的。

有時候我會引導學生：「會使用『敬語』可以提升日文能力喔」，但往往會有學生反應說「打工地方教我的敬語怪怪的」。在便利商店結帳的時候，會被教育對客人說「レシートのほう、お返しになります」（發票歸還給您），（其實店員說「お返しになる／歸還」很奇怪），這時候店家往往一味灌輸所謂成熟應對這種不正確的觀念：「確實是有點奇怪，但是你就照做嘛」。我常因此很苦惱是不是應該要挺身而出斥責說：「這個『敬語』是錯的！」…… 真的好為難。

【連在夢中也……】

EXAM 03 >>>

小試身手！
日本語測驗③

敬語測驗

修改下列題目中（＿＿）的部分為適當的形式。

1) 開封後は早めにお召し上がりください

2) ご注文は何にいたしますか

3) ご注文の品はおそろいになりましたでしょうか

解答 >>>

1) 召し上がってください
※「お＋（尊敬語的特殊形式）＋ください」←沒有這種用法
另外，也沒有「召し上がる」加「お」的用法

2) なさいますか
※「いたします」是謙讓語

3) そろいましたでしょうか
※表示尊敬的對象變成「ご注文の品」

【作業】

【米】

留學生想要帶回家鄉的東西

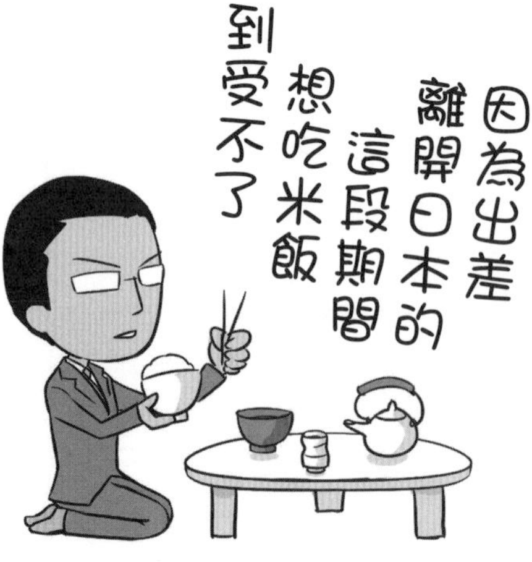
因為出差
離開日本的
這段期間
想吃米飯
到受不了

傑克：英國人

【第4章】

世界各國 百百種

恐怖！ 全是圈圈的答案卷

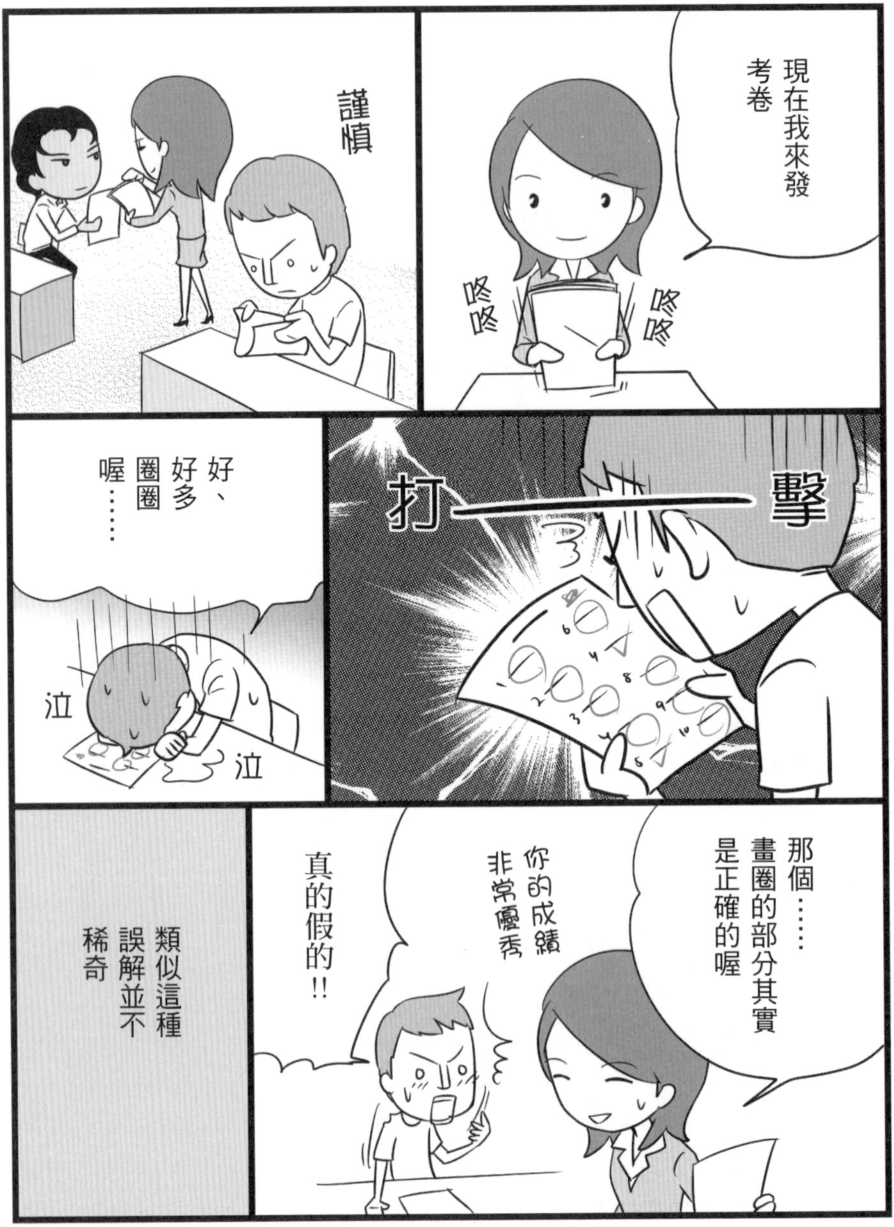
現在我來發考卷
咚咚
咚咚
謹慎
打——擊
好、好多圈圈喔……
泣
泣
那個……畫圈的部分其實是正確的喔
你的成績非常優秀
真的假的!!
類似這種誤解並不稀奇

大部分的國家是正確的「打勾」
如果圈起來就表示「這裡是錯的」
法
美
中
YES
NO
1.
2.
3.
100
搖桿上有○×符號的遊戲機，操作方法也是相反
在日本按○鍵是表示「確定」×鍵是表示「取消」
美國卻相反×鍵是「確定」○鍵表示「取消」
啊啊我明明是按○怎麼沒有紀錄啊!!
美國的遊戲
SAVE
YES
NO
日本人
因為你按○啊
雞同鴨講

日本什麼都跟別人相反，真是的
在日本表示「過來」的手勢，在美國是「走開」的意思
我最驚訝的是書寫方向
由右而左的直寫形式根本就沒道理嘛，大家是不是也這麼認為？
我們沒辦法認同你的說法
在蒙古是由左而右直寫
阿拉伯是由右而左
只有數字是由左而右
象形文字更自由喔
頭朝向哪邊就是開頭
隨你高興

不要什麼都以英文為標準，這是不對的!!
沒錯 沒錯
也有地方是由下而上的直書寫法呢
像是古代愛爾蘭的歐甘文字
我了解，不會再亂批評了
希望往後可以拿到很多圈我會努力的
如他所言下一回考試拿到滿分
喔喔!! 這次很用功喔
來畫個花圈當做獎勵吧
嗯嗯～♪
畫 畫 畫
被嫌棄了
老師 這是什麼!? 我有這麼糟嗎!?
這果然是沒有辦法改變的本性啊

優美是種罪過

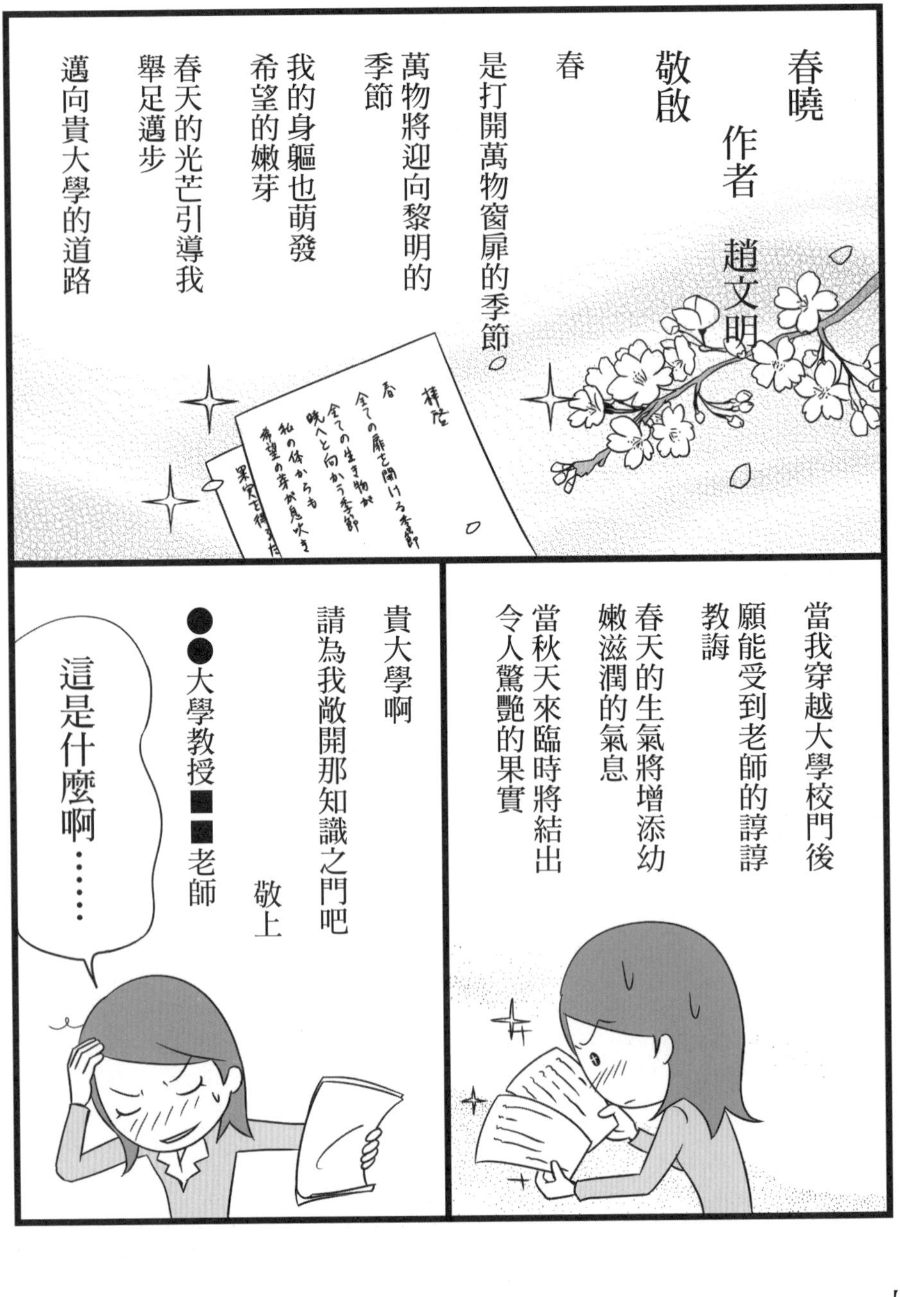
春曉
作者 趙文明
敬啟
春
是打開萬物窗扉的季節
萬物將迎向黎明的
季節
我的身軀也萌發
希望的嫩芽
春天的光芒引導我
舉足邁步
邁向貴大學的道路
拝啓
春
全ての扉を開ける季節
全ての生き物が
暁へと向かう季節
私の体からも
希望の芽が息吹き
當我穿越大學校門後
願能受到老師的諄諄
教誨
春天的生氣將增添幼
嫩滋潤的氣息
當秋天來臨時將結出
令人驚豔的果實
貴大學啊
請為我敞開那知識之門吧
敬上
●●大學教授■■老師
這是什麼啊……

聽好了
我是請你們寫給研究所入學考試委員的書信，從來沒有講過要寫詩情畫意的散文啊
簡潔一點!! 寫重點就好
嗚嗚
可是老師～這如果是中文很棒耶
中國留學生前來擁護
熱鬧
熱鬧
這裡是日本
別老想著直譯這回事
斬釘截鐵
學習外文同時要學習外國文化
在日本，書信不需要這種詩情畫意的感覺，請你記住這一點
消沉
重寫
古時，日本的公文也使用詩情畫意的修辭，但現在已經不用了
舊日本軍的電文等
不過以詩來看很棒喔。
（應該）

有一天
趙同學談戀愛了
對方是名字擁有
「月之女神」
意涵的黛安娜同學
兩人之間的
共同語言是
日本語
你好
你好
趙同學
決定寫情書給
黛安娜
To 黛安娜
From 趙文明
打開

因驟降的雨滴低垂的花兒啊
受風雪吹襲狂亂的杉樹枝枒啊
因拉扯而撕裂的金絲手帕啊
別說這就是憂愁
我的憂愁是更深層的
喔～
今夜的月兒是如此的明亮
恰似驚濤駭浪在我心海
波濤洶湧
啊～
照耀萬物的月之女神啊
你的光芒讓我感到痛苦
那光芒同時又讓我重生
請告訴我
那光芒究竟是
冰冷還是溫暖的
……
……
站起
報告提交處
丟
打——擊
走走
???
為什麼？
為什麼都沒有任何回音!?
明明就很棒啊!!
這對初學者的黛安娜來說太難了
我想她完全沒理解到這是一封情書

ESSAY 04 >>>

日本語老師很辛苦

當我在教日本語的時候，感覺常常會被學生誤以為「老師知道所有關於日本的事」，有時候還會跳出明明跟「日本語」八竿子打不著的問題，真是有點困擾呢。

舉例來說，「這附近最好吃的拉麵店在哪裡」或是「螃蟹要怎麼料理比較好吃」這類問題；當有天被問到：「牙痛時候該怎麼辦」時，理所當然也只能回答：「請你去牙科診所吧」。

有時候反而會從學生那邊學到新詞彙。

在教關於服裝的單元時，向同學們介紹：「現在〇〇同學穿的就叫做『ジーンズ』（牛仔褲）」時，被指正說：「老師，這個叫做『デニム』（丹寧褲）」，我回說：「那是質料的名稱吧」「不，店員這樣跟我說的」這番對話出現。ジーンズ什麼時候變成デニム的!?像這種跟不上流行的事實是該反省一下，必須時時進修才行啊。

【バツ不好】

※「バツ」在日本語中有兩個意思，其中一個是符號的×，另外就是寫成漢字「罰」，懲罰的意思。

EXAM 04 >>>

小試身手！日本語測驗④

日本語能力測驗
1級程度
（文法）

請在下列選項①～④中選出填入（　）中最適當的答案

1) 天候の（　　）、予定の時刻に出発します。
①いかんをよらず　②いかんにし
③いかんに問わず　④いかんに関わらず

2) 就職が決定したことを両親に知らせる（　　）、急いで電話をかけた。
①べき　②に先だって
③べく　④どころか

3) 長年の夢を実現（　　）留学を決意した。
①すればこそ　②させんがため
③すべからず　④せざるべく

解答 >>>

1) ④
2) ③
3) ②

一級的程度也會學到在平常會話中不常用到的文法，檢定考的時候也會出現平時不常用到的書寫體的文法題。

【別氣餒】

「当(あ)たってくじけろ」是什麼意思？
「くじけろ」（意志消沉）？
怎麼能意志消沉
那應該是「砕(くだ)けろ」吧
「明明知道可能會失敗但是還是勇於一試」的意思
常常用在告白……
糟糕
嗚嗚嗚
對不起

【盔甲】

留學生想要帶回家鄉的東西

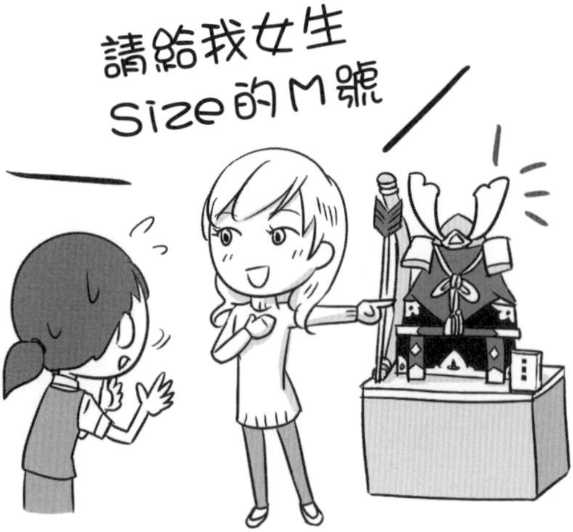
請給我女生
Size的M號

艾蓮：瑞典人

【第5章】

假名不為人知的過去

日本人也不會念的假名

黑道電影迷的法國貴婦問說
花牌的「あのよろし」是什麼意思呢？
在字典裡找不到
あのよろし
日法詞典
Français Japonais
花牌是從哪裡弄到手的？
因為我很喜歡《緋牡丹博徒花札勝負》這部電影，所以自己跑去買的
感謝你專業的解說
一九六九年加藤泰導演，由藤純子和高倉健主演的名作
這個不是「の」，而是現在已經沒有在用的舊假名
唸做「か」
所以這應該是「あかよろし」
「あきらかによろしい」（的確是很好）的意思

原來還有現在不用的假名啊
嗯 沒錯
那為什麼不見了呢
因為太多了會搞混
會有這麼多的原因是
大家擅自以漢字為基礎，發明了許許多多的假名
(か) 加 ↓ か
(か) 可
(か) 賀
(か) 歌
用五十音圖來表示會變成這個樣子
有好幾百個
A
あ
KA
か
SA
さ
TA
た
I
い
KI
き
SHI
し
TI
ち
U

更妙的是還有被稱做「合略仮名」的東西，它並不是一字一音的符號
這一個字就唸做「こと」
唸成「して」
這些還算是平易近人的了
更厲害的是
這一個字
就包含了「まいらせそうろう」的意涵
也太簡略了吧
這句是指「空気が読めない」（白目、不懂得察言觀色），難道是遵循日本傳統的精神？
在這般渾沌時代劃下休止符的正是明治政府
如果讓孩子們學習現在這種狀態的「假名」，並不能稱作是文明的做法
好！來統整一下
明治三十三年
平假名從此規定一字一音為準則
嗶——
蛤——

脫離標準型式的假名從今以後就稱做「變形假名」
被擅自決定了!!
「變形」聽起來不好聽啦
比起「か」我比較有人氣的說!!
於是乎「非標準」的假名們就漸漸消失了
悄悄地……
但現在仍有少部分還存在
な
～さん江
え
か
こ

片假名的歷史

我很意外外國人對片假名很苦惱
日本的店外面放了好多「傘バカ」（傘癡）我好驚訝喔
傘癡？
有很多……
我知道了 應該是「傘カバーが沢山ある」
有很多傘套
カバー（套子）變成バカ（笨蛋）チョコレート（巧克力）變チョコレトー 學生會像這樣在外來語上魚目混珠
聽說要記濁音和長音的位置滿吃力的
人名也……
「因為下雨，所以ビル撐傘出門」
茫然
……大家知道ビル是什麼嗎

（舉手）在夏天會喝的!!
那是ビール（啤酒）
（舉手）很高的建築物！
那是ビル（高樓）沒錯但不會撐傘啦
這裡的「ビル」是外國人的名字
咦——!!
Bill
可是マイケル（麥可）就知道不是嗎
英語圈的人好吃香喔
瞄
一點都不吃香!!美國人也不懂日本語的片假名啊!!
Bill和ビル對我來說是完全不同的發音
碰

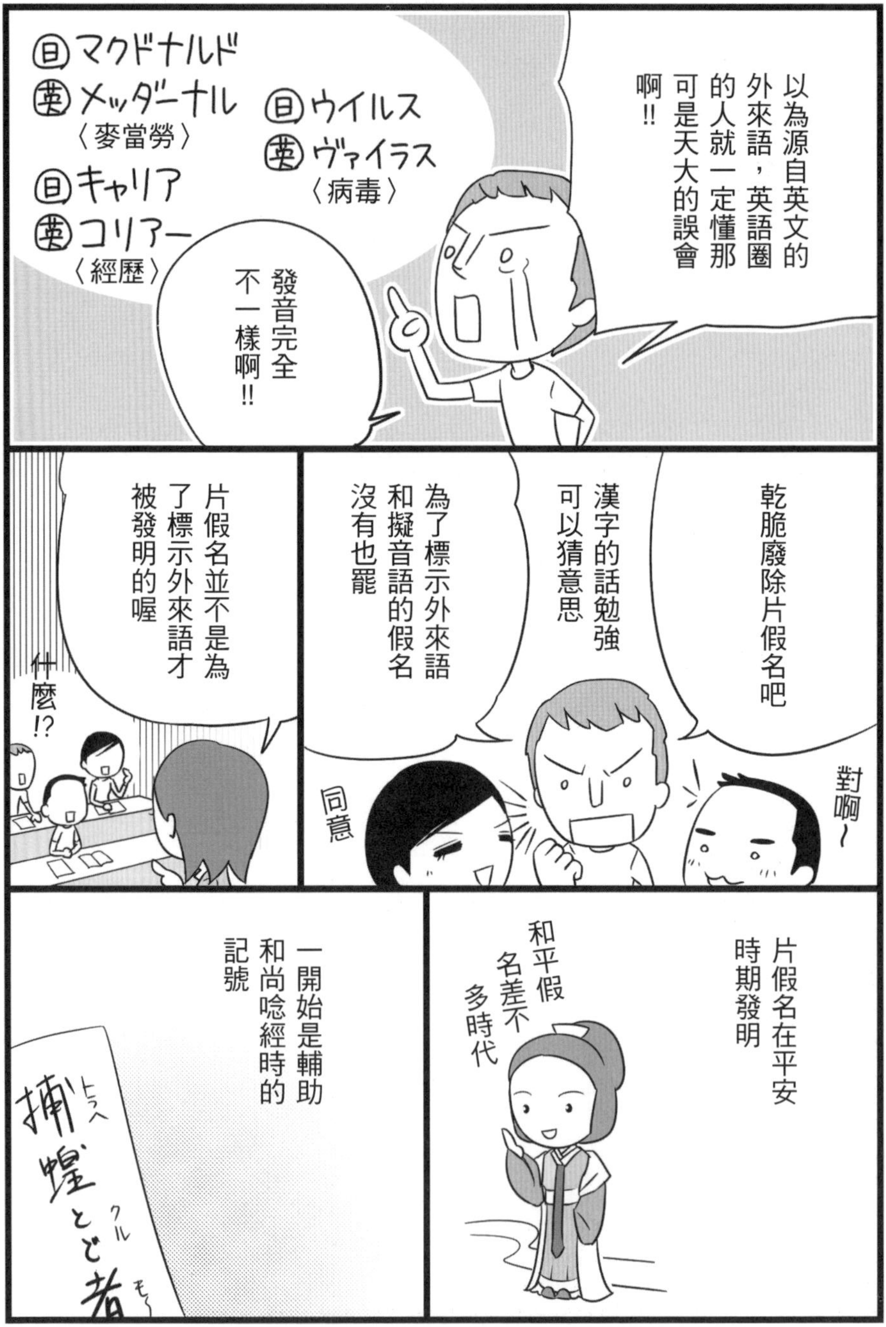

以為源自英文的外來語，英語圈的人就一定懂那可是天大的誤會啊!!
日 マクドナルド
英 メッダーナル
〈麥當勞〉
日 キャリア
英 コリアー
〈經歷〉
日 ウイルス
英 ヴァイラス
〈病毒〉
發音完全不一樣啊!!
乾脆廢除片假名吧
漢字的話勉強可以猜意思
為了標示外來語和擬音語的假名沒有也罷
對啊~
同意
片假名並不是為了標示外來語才被發明的喔
什麼!?
片假名在平安時期發明
和平假名差不多時代
一開始是輔助和尚唸經時的記號

可以塞在漢字與漢字之間的縫隙盡量簡單且小巧的文字比較好
嗯
伊↓イ 呂↓ロ
像這樣取漢字的一部分來當作文字吧
有一種說法是
幾乎都用直線構成的原因是
因為用竹片寫的關係
於是就這樣誕生了「片假名」
漸漸變得比被稱做「女人的文字」的平假名還要廣泛運用於公用文字
因此以前的課本
是先採用片假名
ハト
マメ
ミノ
カサ
沒想到在這部分也有男尊女卑的觀念
像現代漢字後面的假名使用平假名，是從戰國時代以後開始
所以沒那麼容易消失，大家加油喔
沉——重

ESSAY 05 >>>

變成日本語的外文

把外文（尤其是歐美語言）融入至日本語的講法叫做「外來語」（或是片假名語），平常會理所當然覺得「這應該是來自外文的」，但也有一些是引進日本的年代過於久遠，以至於連漢字都有的「外來語」，這種我就沒辦法馬上辨認出它其實是外來語。

舉例來說，「天ぷら」（天婦羅）、「カルタ」（骨牌）、「金平糖」（金平糖）等等較著名，我當日本語教師後才知道的則有「合羽（かっぱ）」（雨衣）、「カボチャ」（南瓜）、「襦袢（じゅばん）」（襦袢）、「イクラ」（鮭魚卵），原來「襦袢」也是外來語這點很令我驚訝，而且是來自葡萄牙語。

另外，在上課時候有位俄羅斯人告訴我其實「イクラ」是源於俄文，當時我還很懷疑說「咦……是真的嗎?」，經過查證後證明是真的（事後有向這位俄羅斯學生道歉）。在日本語教師培訓課程應該是有教到，但一切都要歸咎於我的怠惰而露出馬腳，順帶一提，「サボる／渾水摸魚」是源自法文的「サボタージュ」。

※襦袢：這裡指穿和服時，外衣和內衣之間的服飾

【還是不會唸片假名啦】

在打工的地方被要求幫忙去買東西
去便利商店買就可以了!!
怎麼辦……會話是沒問題，但這片假名我不會唸啦
・サランラ
・アルミホイ
・ポカリ500ml
直接拿給店員請他幫我唸吧
Combini
ガーッ
我也不會唸片假名耶……
不好意思
店員也是外國人

EXAM 05 >>>

小試身手！
日本語測驗⑤

變形假名的測驗

請將下列變形假名的唸法連連看

1) ● 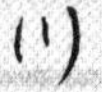 ・　　　　・ は

2) ●  ・　　　　・ つ

3) ●  ・　　　　・ こ

4) ●  ・　　　　・ ふ

5) ●  ・　　　　・ わ

解答 >>>

1) ─つ（川）
2) ─ふ（婦）
3) ─わ（王）
4) ─は（者）
5) ─こ（古）

【偶爾會失去信心】

是「気に入らない」

留學生想要帶回家鄉的東西

【黛安娜】

趙同學：中國人

【第6章】

世界的漢字

漢字好難

在日文中最大的敵人就是「漢字」
可是學生裡面有很多是來自亞洲吧？漢字圈的人應該覺得很容易吧？
常常被問這類問題
可是
我們其實也很辛苦呢!!
越南
韓國
中國
台灣
中國的情況
因為使用的是把漢字省略到極致的「簡體字」
習→习
長→长
差太多了
看不懂！

即使是很像的字也是做半套而已
「写」這個字，日文要寫成「写」才對喔
漢字是中國發明的，我認為要以中國的寫法為準才是
惱羞成怒
韓國的情況
在報紙上有時候會出現漢字，但基本上都是使用朝鮮文字所以只有「稍微看得懂一些」的程度
我也學過喔
雖然已經不記得了
漢字在學校有學過
騙人!?
咦
棘手程度好像會隨著年代和地區有差異
韓國的寬鬆世代？

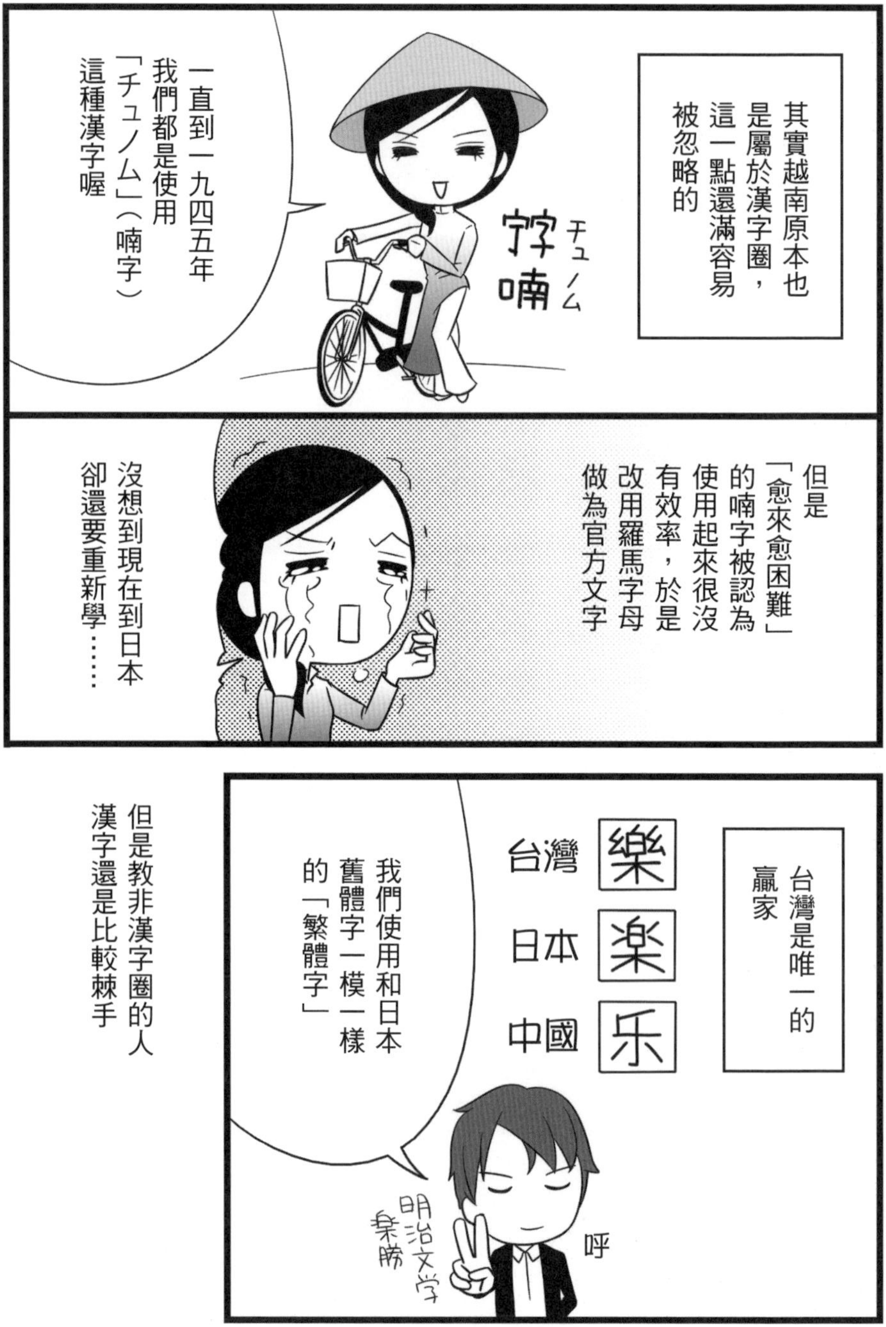
其實越南原本也是屬於漢字圈，這一點還滿容易被忽略的
一直到一九四五年我們都是使用「チュノム」（喃字）這種漢字喔
𡨸喃
チュノム
但是「愈來愈困難」的喃字被認為使用起來很沒有效率，於是改用羅馬字母做為官方文字
沒想到現在到日本卻還要重新學……
台灣是唯一的贏家
樂 台灣
楽 日本
乐 中國
我們使用和日本舊體字一模一樣的「繁體字」
明治文学 楽勝
呼
但是教非漢字圈的人漢字還是比較棘手

用明朝體寫範本時
いち
一
啊啊啊啊
這裡也
臨摹得很寫實
かきとりテスト
いち
に
這根本不是字嘛……
對付這麼抱怨的義大利人
那你就把它當作是種藝術吧
很漂亮吧
這樣建議她
原來如此！這是藝術啊老師！
閃
亮
寫得更藝術了
這是什麼東東啊
請試著寫漢字
びょうき
病気

漢字有這麼多唸法的原因

那是如何記錄事情的呢
我是記憶力超強的稗田阿禮※
死背
只要聽過一次就不容易忘記
不是每個人都像你一樣
這麼做還是有極限，我們決定向中國學漢字
這麼優秀
那個我們稱做「ヤマ」在中國會怎麼寫
這樣
山
那麼這個字就唸做「ヤマ」吧
山
＝ヤマ
那在中國會怎麼唸呢
「サン」
那就把它唸做「サン」吧
山
＝ヤマ＝サン

※也有傳說指阿禮其實是位女性

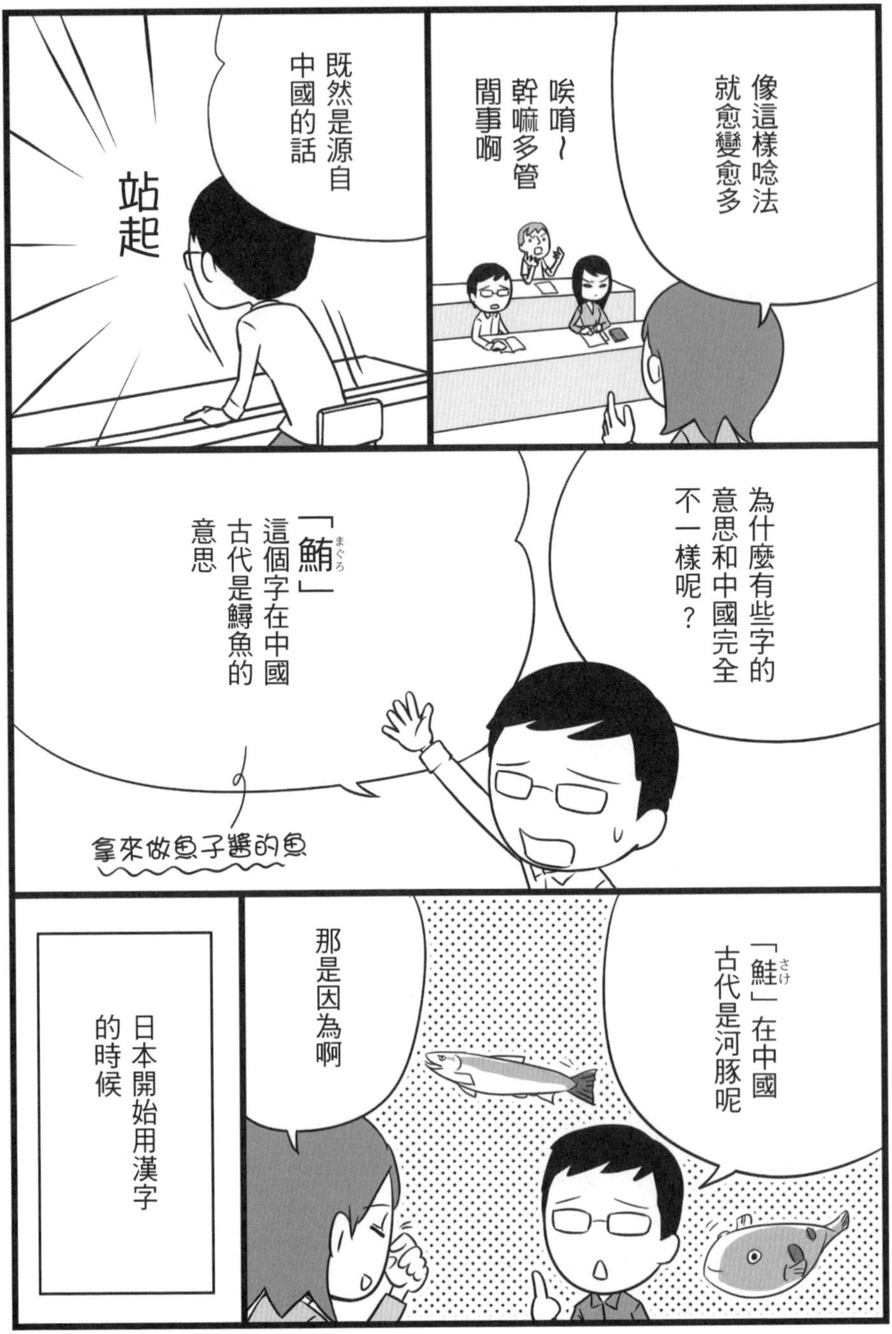
像這樣唸法就愈變愈多
唉唷～幹嘛多管閒事啊
既然是源自中國的話
站起
為什麼有些字的意思和中國完全不一樣呢？
「鮪」這個字在中國古代是鱘魚的意思
拿來做魚子醬的魚
「鮭」在中國古代是河豚呢
那是因為啊
日本開始用漢字的時候

你覺得在中國的書上常出現叫「鮪」的魚是什麼魚？
照這邊描寫的感覺應該滿大的喔
鱘魚
2～3m以上
又大又珍貴的魚
應該就是鮪魚
黑鮪魚
2～3m以上
應該沒錯!!
「鮪」就決定是鮪魚吧
啞口無言
像這樣用推測決定的
太隨便了
你跟我抱怨也沒用啊！

ESSAY 06 >>>

連中國人 都不認識的漢字

我們常聽說，即使不懂中文用漢字筆談也可以溝通，但有時候卻行不通。

以前在教中國學生蔬菜的名稱時，一直沒有辦法理解「ダイコン」這個字，我用漢字寫了之後還是不通，後來發現發音和漢字都跟中國完全不一樣（中文是蘿蔔、發音似乎是ルォーヴォ）。

「ダイコン」是和語（日本原有的講法，是在引進中國的「漢語」前就存在），唸做「おおね」，這個「おおね」用漢字表記就變成「大根」，後來「大根」不唸做「おおね」，改唸做「ダイコン」了。像這種把日文用漢字表記後，用音讀的方式來唸的詞彙稱做「和製漢語」。

對日本人來說雖然「全部都是『漢字』」，但沒想到還是有細微差異的呢。

【訓讀的陷阱】

俄羅斯紅茶？
那是什麼？
俄羅斯出身
就是加了很多果醬在紅茶裡啊※
奇怪
那不是俄羅斯的飲料嗎？
我們不會把果醬加到茶裡面啦……
這樣啊
——那會加什麼進去呢？
牛的乳汁
請你說牛奶好嗎

※俄羅斯紅茶小知識
一般好像都是邊嚐果醬邊喝茶的樣子喔

EXAM 06 >>>

小試身手！
日本語測驗⑥

難字的測驗

試寫出下列漢字的讀音。

1) 風信子

2) 石竜子

3) 樹懶

4) 馴鹿

5) 菠薐草

解答 >>>

1) ヒヤシンス（風信子）
※用音讀唸的話不覺得還滿像的嗎？

2) とかげ（蜥蜴）
※也可以寫成蜥蜴

3) なまけもの（樹懶）
※唸做「懶（なま）ける」

4) トナカイ（麋鹿）
※源自於愛奴語的「トナッカイ」

5) ほうれんそう（菠菜）
※「菠薐」在中文是波斯的意思（現在的伊朗）。（也有是尼泊爾地名的說法）

【優雅的日本語】

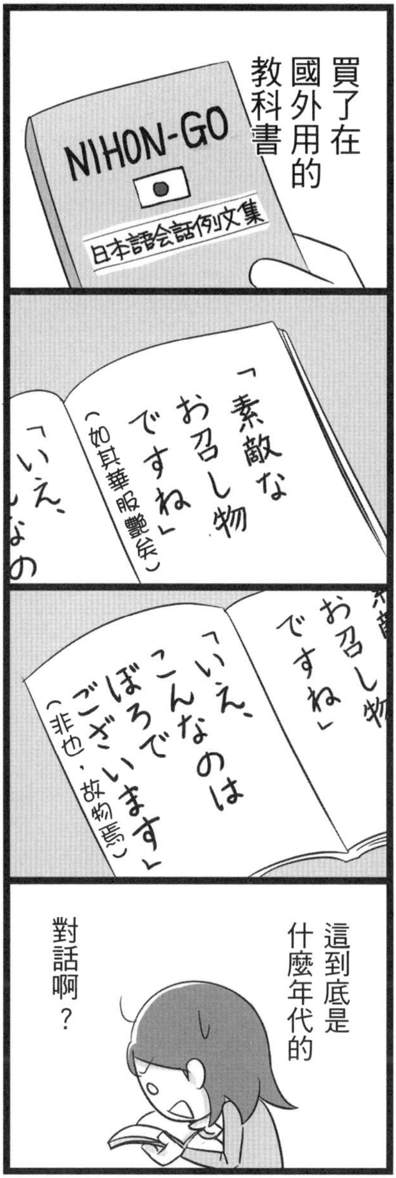

買了在國外用的教科書
NIHON-GO
日本語会話例文集
「素敵なお召し物ですね」
（如其華服艷矣）
「いえ、
「いえ、こんなのはぼろでございます」
（非也，故物焉）
這到底是什麼年代的對話啊？

【百圓商店】

留學生想要帶回家鄉的東西

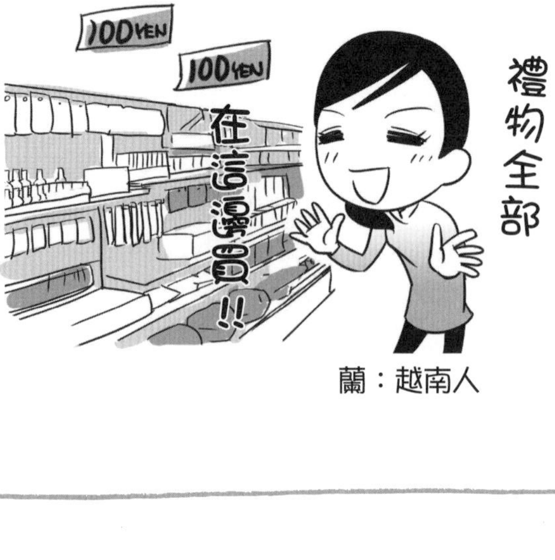
100YEN
100YEN
禮物全部
在這邊買!!

蘭：越南人

【第7章】

原來如此！日本語

標準語其實一點都不標準

平常用得很自然的
~です
~ます
其實並非一開始就是標準語
而是江戶時代藝妓的用語
咦？
我？
武士是
~でござる
商人是
~でございます
平民是
~だ
這種講法
用「デス」的只有我而已嗎？別開我玩笑啦
其實是特種行業女性特有的講話方式
而漸漸成為「標準」是從明治時代開始

住持是「~じゃ」

從鄉下來的地方武士
哇～這裡就是江戶啊
學了花街的用語
だんなこれっきりはイヤですよぅ（董仔～別這樣啦）
誤以為「です」就是標準語
漸漸流傳開來後真的變成標準語了
出現了大量的誤會男
そうです
ですな
ですとも
不可能是這麼下流的原因啦!!
也有反對的學者，我也了解為何想反對
被認為上流的遺詞其中最有名的「～ザマス」
在田園調布發現了!!
喔喔
在「探偵ナイト○クープ」節目中，曾在調查是否有ザマス夫人的存在
原本也是花魁的用語
そうざます（沒錯）

花魁在花街是非常特別的身分，也幾乎都是上流階級為他們贖身
臉OK
頭髮OK
肖像畫也爭相搶購，地位好比現在的藝人
結果「ザマス」演變成上流社會的貴婦用語
嗯……如果被小夫的媽媽知道了的話應該會傻眼吧※
印象中軍人常用的「～であります」
原本是山口地區的方言!!
長州（山口）在明治維新時確立了重要的地位，而這些人多數都隸屬於軍事機關的高層
自分は長州出身であります（我是長州出身的）
自分もそうであります（我也是）
因此被當作軍事用語流傳開來
類似的情況還有「オイコラ」
現在不由得聽起來會覺得很囂張的「オイコラ」是鹿兒島的方言
そうでごわす（沒錯）

※《哆啦A夢》中小夫的媽媽說話喜歡以「ザマス」結尾。

其實我只是單純想要表達「那個……你啊」的意思
明治時期的警官很多人是來自薩摩，對警察而言演變成「オイコラ」＝（上對下的態度）的意味
「ビンタ」在鹿兒島方言單純是指「頭」的意思，卻變成「打耳光」流傳開來
感覺好痛
現在我們認為的「標準語」
其實在不久前根本就和標準語扯不上關係嘛
「根本就上不了檯面」的表情符號
也許哪天也會變成標準語
每朝新聞
日本優勝
MVP受賞

鴿子、蚊子、烏鴉、貓的共通點

難道是叫聲!?
はと
鳩は
九ー
ク
からす
鴉は
牙ー
が
沒錯！正確答案
喔
喔
喔
這是真的喔
發出「ブンブン」的聲音所以是蚊
貓的叫聲並不是「ナーエ」而是中文的苗（ミョウ）
ミョウ
ブーン
嘿～
說到共通點我還以為
中國廣東省王同學
吃起來很好吃之類的
昏

鴿子還情有可原※，
蚊子、烏鴉和貓也會吃嘛？
「蚊眼湯」是高級的中華料理喔
烏鴉也是嗎？
細鳥嘴的烏鴉比較好吃
怕怕
貓也是？
日本人不是也吃貓肉嗎？
才沒有呢
咦？可是……

※歐洲也會把鴿子當作食材

在超市有賣貓罐頭不是嗎？
那很好吃耶
Premium
那是貓食啦——!!
……那是拿來給貓吃的飼料，人不可以吃喔
什麼——!!
趙同學也以為是貓肉啊？
沒有我以為
是這種牌子的罐頭
以貓照片當作商標
まぐろ
一直以為是給人吃的

ESSAY 07 >>>

變成外國語的日文

問高級班的學生：「你們知道在外國被使用的日本語嗎？」時，不久前大多數的人都是回答「ゲイシャ、ニンジャ、スシ、スキヤキ」。日本仍然是被冠上「奇妙的國家」的稱號，被認為對於現代的事物不太感興趣的樣子。

但是最近終於有新的單字登場了！依學生的年齡層不同，常聽到是「アニメ、マンガ、オタク」、另外就是一些漫畫的書名。因為網際網路的普及，知道各種動漫用語的學生也不少。

年齡層較高的學生則是「カラオケ、カイゼン」等等，由此可窺探生活的態度對吧。

全世界流傳著各式各樣的日本語，雖然這是一件可喜可賀的事情，但是我還是希望被流傳開的語彙是給人好印象的日本語。

※ゲイシャ（藝伎）、ニンジャ（忍者）、スシ（壽司）、スキヤキ（壽喜燒）、アニメ（動畫）、マンガ（漫畫）、オタク（御宅）、カラオケ（KTV）、カイゼン（改善）

【方言】

老師「じゃん」和「やん」的差異是什麼？請你告訴我
「そうじゃん」
「そうやん」
「知ってるじゃん」
「知ってるやん」
基本上是沒差……可是……
那分別要怎麼使用呢？
那是方言不用硬學啦
認真

EXAM 07 >>>

小試身手！日本語測驗⑦

外來語的測驗

下列單字是源自於哪一國語言呢？ 連連看

1) ●コラーゲン •	• 荷蘭語
2) ●クーポン •	• 德語
3) ●ボサノバ •	• 葡萄牙語
4) ●カンパ •	• 俄羅斯語
5) ●ゴム •	• 法語

解答>>>

1) 德語（膠原蛋白）
2) 法語（折價券）
3) 葡萄牙語（Bossa Nova，一種音樂形式）
4) 俄羅斯語（募捐）
5) 荷蘭語（橡膠）

外來語是英文的片假名唸法？ 不不不，並不是的。
以各個國家的語言為基礎，變化成日本人容易發音的形式，
也難怪歐美人會覺得棘手。

【自己國家的歷史卻很陌生？】

不是角色而是歷史人物啦——

留學生想要帶回家鄉的東西

【總之全部包起來】

想要買鞋子
給家裡的人
（包括傭人），
可是
不知道尺寸和
喜好
算了
總之全部
幫我包起來

阿里：
阿拉伯聯合大公國人

【第8章】日本的規則

加「お」和不加「お」的說法

日本人在日常生活中無意識地分別使用「お」和「ご」來表示有禮貌
母さん→お母さん
家族→ご家族
お
ご
要加哪一個其實是有規則的
基本上加「お」是和語，「ご」是漢語
和語
從以前就在日本被使用的詞彙
例：お風呂
お手紙
漢語
由中國傳入的詞彙（音讀）
例：ご住所
ご連絡
加「ご」的講法聽起來感覺比較生硬
堅 御子息
柔 お子さん
加「お」不覺得聽起來比較女性、柔和嗎？
那是因為自古以來大多是女性使用「お」的緣故

例外：電話、茶是屬於漢語所以加「お」

把「お」決定為女性用語的是室町時代的後宮貴人
把「しゃくし」變成「しゃもじ」的也是我喔
超喜歡用「お」的貴人們說
「屁」這個字感覺好低俗喔我不想用啦
把「鳴らす」（響）加「お」變成「おなら」怎麼樣？
啊～聽起來很可愛呢
而且提到奈良不是有個名句「いにしへの奈良の都の八重桜けふ九重に匂ひぬるかな」嗎？真的有這個說法
只在奈良「聞得到」（註：「匂う」通常是指聞不好聞的味道）
「おなら」超殺的
那是用來表示「花很漂亮」的短歌啦!!
奈良人會生氣喔～

↑可是超好笑的!!

「田楽」這名字聽起來也不可愛
（註：田楽是黑輪的舊名）
那就把它加上「お」改成「おでん」
像這樣大量生產加上「お」的詞彙
促成一種專屬女性使用「お」的潮流
水→おひや
殻（大豆の殻）→おから
等等之類
至今「お」已經成為男女通用的用語
例如
「お太鼓」是指和服的「お太鼓結び」並不是拿來敲打的太鼓
諸如此類有很多女性用語流傳至今
お太鼓結び
以前只有男性才可以當太鼓的打手

在教這部分的時候學生提問
老師「お」會加在片假名前面嗎？
這個嘛……
如果是已經長久被日本使用的話是有這個可能不過那也只能被歸類為例外
那你知道哪些在片假名前加「お」的例子嗎？
沒想到會提出這種好問題
おビール
讚
在哪兒學的
不是再三交代禁止特種行業用語嘛
有些「お」還是別太常用比較好

探病習俗

不小心住院了
已經復原了
不嚴重別太擔心
碰
老師!!
我們來探病了
仏花
您還好嗎!?
謝謝你們
——不過這是拿來供奉給往生者的花喔
打—擊
※在歐洲菊花花束很普遍而且非常受歡迎

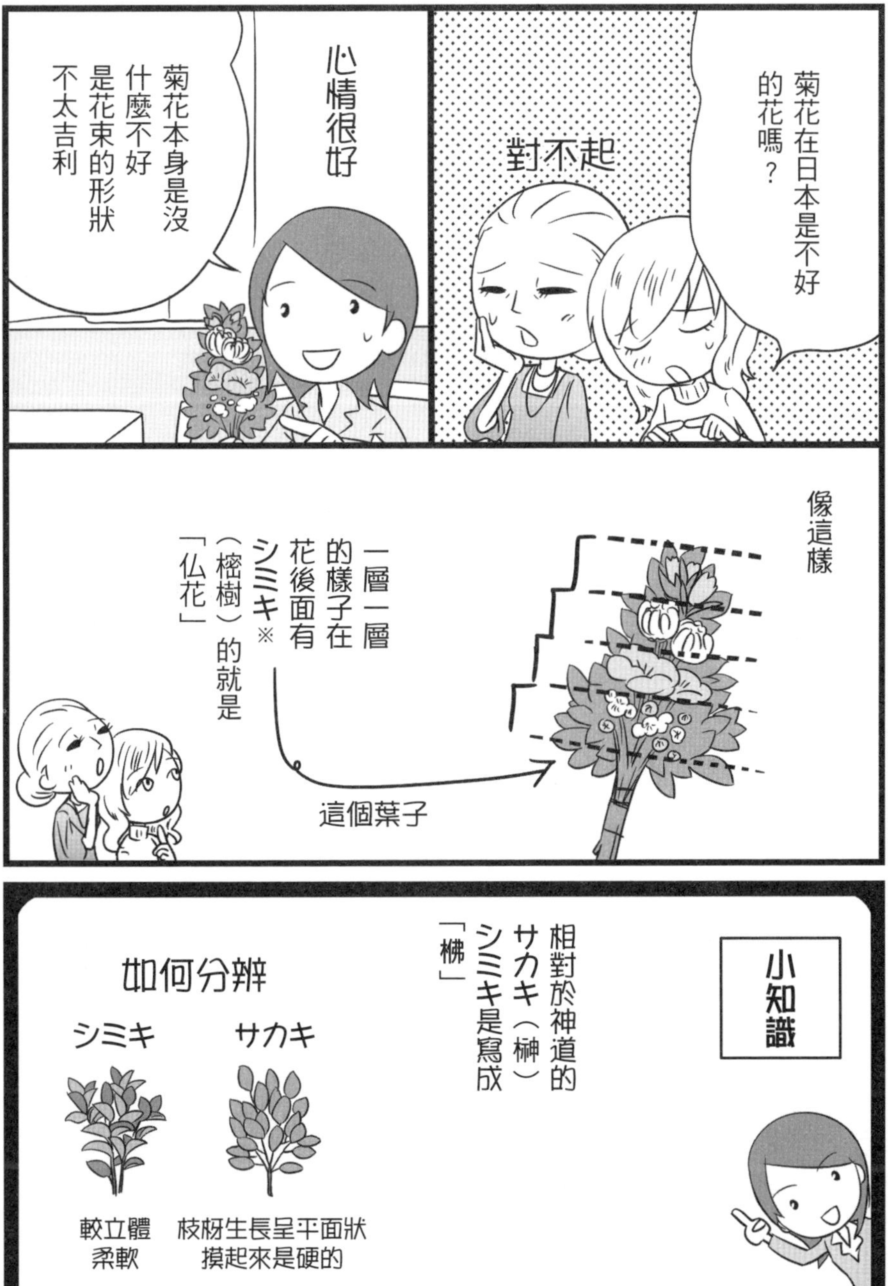
菊花在日本是不好的花嗎？
對不起
心情很好
菊花本身是沒什麼不好是花束的形狀不太吉利
像這樣
一層一層的樣子在花後面有シミキ※（樒樹）的就是「仏花」
這個葉子
小知識
相對於神道的サカキ（榊）シミキ是寫成「梻」
如何分辨
シミキ
サカキ
較立體
柔軟
枝椏生長呈平面狀
摸起來是硬的

※也可唸做シキビ・用來供奉往生者時所使用的植物。

這是探病的禮物
現金
老師!!
碰
謝謝你的好意我心領了
在中國會送錢嗎？
對啊
老師!!
碰
規則
在探望長輩時應避免送現金
聽說你受傷了
我去買了護身符
謝謝
……
安產御守
單身

※「根つく／連著根的」=「寝つく／臥病在床」會造成這種聯想

ESSAY 08 >>>

日本語的規則

日本語的文法、發音有一些不太清楚的地方，雖然不太會造成困擾，可是變換成文字卻發現有不少問題。

舉例來說：「こんにちは」和「こんにちわ」（午安）、「会費を徴収する」「会費を徴集する」（徵收會費）、「危ない」和「危い」（危險），到底哪個才是正確的？這種問題想必是有「認真」學習日本語的外籍學生比較擅長吧。

是不是有一天日本人會向外籍學生請教什麼是「正確的日本語」了呢？「嗯……這個嘛……」會這樣回答的人請參考《新しい国語表記のハンドブック》（新國語表記手冊），書如其名，編輯得可以讓你輕鬆查閱表記的規定。現在有很多人利用電腦輔助修正不通順的日本語，但擁有這本書會感到更便利喔。

※解答：「こんにちは」、「徴収する」、「危ない」。

【探病】

壽司可以當探病的伴手禮嗎？
其實不用這麼麻煩啦……可是人家都特地買來了
拒絕也不好意思
嗯
摸索
摸索
謝謝
喂？
壽司一人份
掊起
在醫院叫外送啊

EXAM 08 >>>

小試身手！
日本語測驗⑧

日本語教育
能力検定試驗

請判斷【 】所表示的觀點後，選出和其他不同性質的選項。

1)【「で」的用法】
①小銭で支払う
②電車で通学する
③自分の部屋で勉強する
④ボールペンで書く
⑤手で洗う

2)【「に」的用法】
①太郎に会う
②隣の人に消しゴムを借りる
③花子にメールを送る
④パリに着く
⑤母に電話をかける

3)【「を」的用法】
①港を離れる
②橋を渡る
③高校を卒業する
④家を出る
⑤バスを降りる

解答 >>>

1)—③　※③表示地點，其餘是方法、手段的意思。
2)—④　※④表示目的地，其他選項是單方面做動作的對象。
3)—②　※②移動、通過的意思，其他選項是表示移動的出發點。

日本語教育能力檢定是「將日本語做為第二外語，檢測是否擁有身為日本語教育專家的知識與能力為目的而實施」(引自「財團法人日本國際教育支援協會網頁」)。
有很多日本語教師、或是想要成為日本語教師的人應考。

【滋補強身】

※「花」與「鼻」的發音同為はな。

【全自動馬桶】

留學生想要帶回家鄉的東西

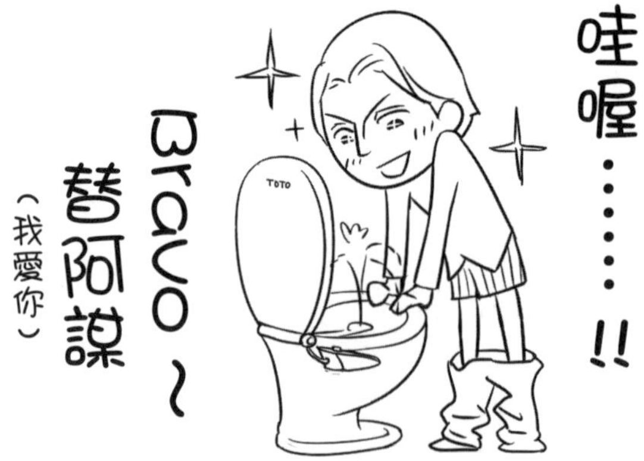
哇喔……!!
Bravo～
替阿謀
（我愛你）
TOTO

安東尼：義大利人

【第9章】

在日本語學校

「お」和「を」的發音有什麼不同

老師「お」和「を」是一樣的發音嗎
常常被問的問題
完全一樣喔 兩個都是〈Oオ〉
「お」＝〈O〉
「を」＝〈WO〉
的說法是錯的
咦——!?
明明發音相同，為什麼要有兩種寫法呢……
那是因為以前的發音不同喔
調查不同時代的結果如下

※將當時在京都腔唸起來較高的音訂定為「を」的樣子

江戶中期
「お」和「を」都把它唸做O比較高尚
嗯 唸成WO的感覺好土喔
終於變成兩個都唸〈O〉
昭和初期
「お」和「を」都是O嘛……
明明是一樣的發音應該不需要有兩個假名吧
好 把「を」刪掉吧
乾脆
什麼——!!??
民間的聲音
如果突然消失會嚇一跳嗎？

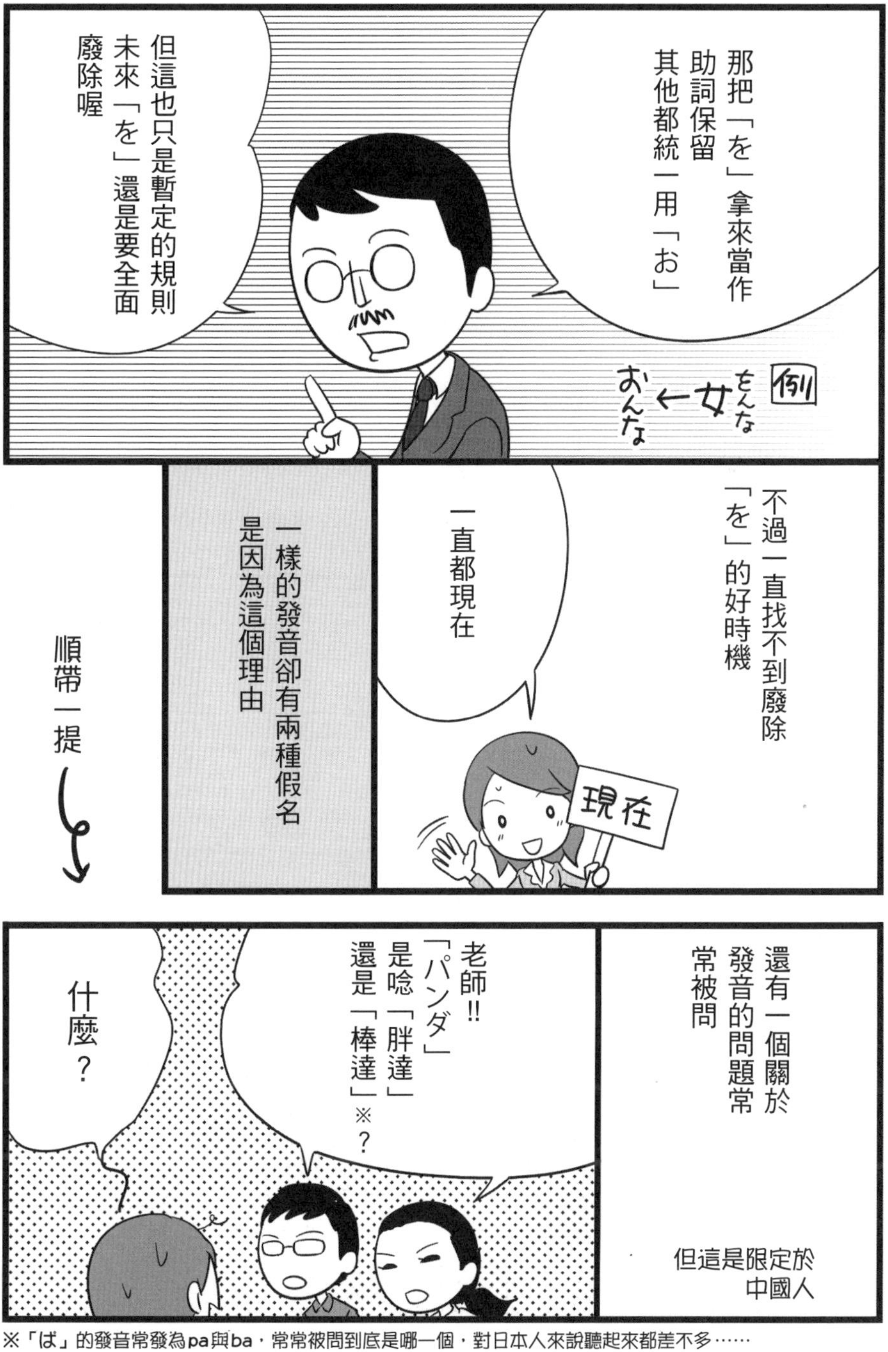
那把「を」拿來當作
助詞保留
其他都統一用「お」
例
をんな
おんな←女
但這也只是暫定的規則
未來「を」還是要全面
廢除喔
不過一直找不到廢除
「を」的好時機
一直都現在
現在
一樣的發音卻有兩種假名
是因為這個理由
順帶一提
還有一個關於
發音的問題常
常被問
老師!!
「パンダ」
是唸「胖達」
還是「棒達」※?
什麼?
但這是限定於
中國人

※「ぱ」的發音常發為pa與ba，常常被問到底是哪一個，對日本人來說聽起來都差不多……

向星星許願

※日本的七夕是西曆的七月七日

那是因為取自日本的織女傳說「棚機津女(たなばたつめ)」和七月七日傍晚的意思組合成「七夕」這個說法
有料想到會被問
所以有做功課
那
在日本會把願望寫在紙條上裝飾於竹葉的習俗
大家也來試試看吧
YA～!!
原本是向擅於紡織的織女祈禱自己的才藝能夠提升的習俗
所以要避開「我想要變有錢」這類的話
啊……
已經寫上去了
已經寫了啊

終於完成了氣派的竹葉裝飾
好像聖誕樹喔!!
哇～
並不是樹喔
大家都寫了些什麼願望呢？
希望在家鄉的家人們能夠身體健康
眼眶泛淚
希望能早日找到下一份打工
太實際了
Nagiko老師請告訴我下次考試的題目
寫給我幹什麼

我想要DSD
銀色的
完全把它當成聖誕節了
沒想到有這麼長的文章
有連貫的
向人告白
我想和金同學結婚!!
姓金的在學校裡至少有十個人吧
고향집 엄마 보고 싶어~
而且還是橫寫
請你助我一臂之力
我也無能為力啊
七夕就像是情人節和聖誕節同時到來的感覺好開心喔!!
……並不是這樣的……

ESSAY 09 >>>

敬語的故事

不管什麼語言都存在著「敬語」，日本語的「敬語」更是發達，但很多日本人認為自己「沒有辦法正確地使用敬語」。二〇〇七年二月在文化審議會提出「敬語指南」，在這個《敬語指南》中有「Q&A」，舉例如下。

(1) 櫃檯人員說：「請你去問負責人」這種說法對客人來說似乎感覺會不太舒服，到底是哪裡出問題呢？

(2)「御持参ください」、「お申し出ください」、「お申し込みください」這些說法中，「参る」「申す」等常常有人向自己使用的敬語卻覺得怪怪的，這些敬語該怎麼用才適當呢？

感覺如何？

像這種「感到疑惑卻不知道該問誰才好」的疑問，以實例附上易懂的解說，關於各種敬語的用法，詳情請見網頁。

也許也能為你解開長久以來的疑惑喔！

（「敬語の指針」可於日本文化廳網站下載：www.bunka.go.jp/kokug_nihongo/keigo/guide.pdf）

【興趣是做玫瑰】

「爸爸退休後的興趣是享受做玫瑰（バラ作り）的時光」
テキスト
你知道什麼是做玫瑰嗎※？
像這樣……
那是家庭代工啦
講義

※其實是「種植玫瑰」

EXAM 09 >>>

小試身手！日本語測驗⑨

國外的日本語
試題集

請在下列①～④選項中，完成會話。

1) 全部白状しろ。楽になるぞ。

①本当ですね。この椅子は楽なんです。
②信じてください。私は無実なんです。
③ちょっと朝から頭が痛くて。
④昨日食べ過ぎちゃいました。胃がむかむかするんです。

2) ああ、かゆい！

①まさか、鈴木さん、みずむしじゃないでしょうね？
②それはよかった。
③そんなにおもしろいんですか。
④いいですね、うらやましい。

3) 田中部長、地方の支店に左遷されるんだって。

①部長はサラリーマンの鏡ですね。
②それはおめでたいですね。パーティーをしなくては！
③会社のために一生懸命働きましたからね。
④あんなところに飛ばされるんだったら、いっそやめた方がいいですね。

解答 >>>

1）－②
2）－①
3）－④

精選自在國外使用的教科書，在這邊寫出來的是非常極端的例子，到底什麼時候才會用到這些對話呢？ 有時國外的教材不禁讓我感到疑惑。

【日本的秋天】

※たんぼ／稻田　トンボ／蜻蜓

留學生想要帶回家鄉的東西

【便利小物】

黛安娜：俄羅斯人

【第10章】

日本是個好國家

日本人不知道的日本優點

某天
來自南美的利
卡爾多同學說
會在路口停車
真的是好國家呢
蛤？
在你們國家都
不遵守交通號
誌的嗎？
不會很
危險嗎
反而遵守
才危險呢
停下來就會
被強盜襲擊
咦咦咦咦
警、
警察呢？
警察更不會
停呢
因為擁有很棒
的武器
所以更容易被
覬覦
啊
不是整個國家
都這樣啦
只是我住的地方
治安比較差

來自歐洲的兩人說
日本真是個好國家
大家都遵守約定這一點很棒
電車也都遵守約定對吧
電車……是指遵守班次的約定嗎……？
最讓我感動的是自動販賣機
人煙稀少的地方也有好多好驚訝喔!!

裡面不是有放錢嗎!?
卻沒有人偷呢!!
嗯……
聽完他們的意見後
會讓人意識到日本真的是非常幸福的國家
住在這裡只會感覺這一切都是理所當然而忘記它的好
我也很喜歡日本這個國家和日本人
日本人對大家都很貼心連停車場也是
停車場
不是會鼓勵我們「前向きに」(樂觀地向前行駛)嗎
前向きに
不是這個意思啦

日本是個好國家

在日本讓我
很感動的是
松阪牛
是全世界最
棒的牛肉
日本人可以
每天吃這麼
美味的東西
好羨慕
我連
一次
都還
沒吃
過呢

留學生想要帶回家鄉的東西

【同人誌】

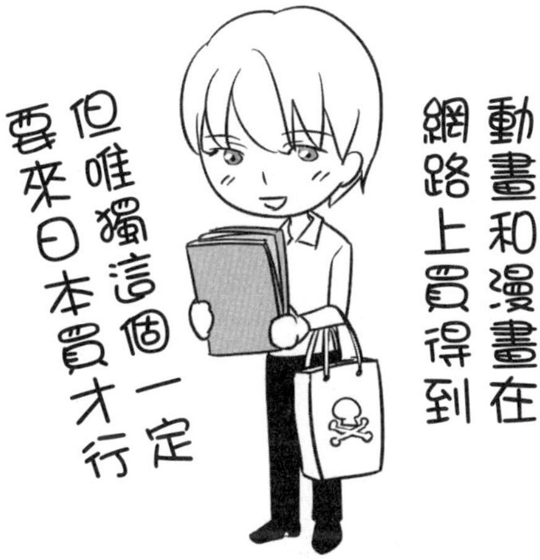
動畫和漫畫在
網路上買得到
但唯獨這個一定
要來日本買才行

路易：法國人

【參考文獻】

『新しい国語表記ハンドブック』 第五版(2005)
●三省堂編修所／三省堂

『国語大辞典』(1982)
●尚学図書(編集)／小学館

『新明解国語辞典』 第五版　(2000)
●金田一京助　山田忠雄(主幹)　柴田 武　酒井憲二　倉持保男　山田明雄／三省堂

『大辞林第三版』 (2006)
●松村 明(編)／三省堂

『日本語の世界 1　日本語の成立』(1980)
●大野 晋／中央公論新社

『日本語の世界 6　日本語の文法』(1981)
●北原保雄／中央公論新社

『日本語の世界 7　日本語の音韻』(1981)
●小松英雄／中央公論新社

『初級を教える人のための日本語文法ハンドブック』(2000)
●庵 功雄　高梨信乃　中西久実子　山田敏弘／スリーエーネットワーク

『お公家さんの日本語』(2008)
●堀井 令以知／グラフ社

『問題な日本語—どこがおかしい?何がおかしい?』(2004)
●北原保雄(編著)／大修館書店

『続弾!問題な日本語—何が気になる?どうして気になる?』(2005)
●北原 保雄(編著)／大修館書店

『間違いのない日本語—会話、手紙に役立つ!』(2005)
●幸運社(編)／PHP研究所

『使ってみたい武士の日本語』(2007)
●野火 迅 ／草思社

『日本語能力試験1級試験問題と正解　平成16～18年度』(2008)
●日本国際教育支援協会・国際交流基金　著・編集／凡人社

『日本語教育能力検定試験　第13回～第15回　傾向徹底分析問題集』(2003)
●アルク日本語出版編集部／アルク

謝謝觀賞

蛇蔵 & 海野凪子

【後記】

《日本人也不知道的日本語》，不知道你是否滿意呢？

去年春天左右，蛇蔵說：「要不要把凪子老師在日本語學校的故事漫畫化呢？」
雖然自己覺得都是在說一些很平常的東西，
但多虧蛇蔵聽得津津有味才有辦法做出這麼棒的書，
真的是非常謝謝你。

接下來要感謝（無意識地）提供題材的學生們，
由於他們積極學習日本語的緣故，
我才能夠對於日本語有更深一層的認識。

最後，非常感謝協助本書製作的各位。
從今以後我會繼續在日本語學校加油的。

海野凪子

謝謝你耐心閱讀這本書。
我盡力以詼諧的方式，
善用屁子令人狂笑不止的資訊傳達給各位讀者，
製作這本書時受到諸多人們的協助與幫忙，
在此深深地表示感謝之意。

閱讀這本書的各位，
只要你的心情有因此稍稍開朗起來的話，
那我就心滿意足了。

今後也希望發掘更多「有趣」的題材，
敬請期待。

Special thanks
Ouji
Toyomo
RicaRica
A-san
TKDsan
Yoshikosan
Motosan

蛇蔵

NIHONJIN NO SHIRANAI NIHONGO / Nagiko Umino / Hebizo

First published in Japan in 2009 by MEDIA FACTORY, INC.
Complex Chinese translation rights reserved by Rye Field Publications
in a division of Cite Publishing Ltd.
Under the license from MEDIA FACTORY, INC., Tokyo Through Future View
Technology Ltd.

國家圖書館出版品預行編目資料

日本人也不知道的日本語(1)：量詞、敬語、文化歷史……學會連日本人都會對你說「讚」的正確日語／蛇蔵、海野凪子著；劉艾茹譯. -- 初版. -- 臺北市：麥田, 城邦文化出版：家庭傳媒城邦分公司發行, 民101.05-
冊；　公分. --（滿分學習；5-）
ISBN 978-986-173-771-3（第1冊：平裝）
1. 日語　2. 讀本

803.18　　101006731

滿分學習　05

日本人也不知道的日本語(1)：
量詞、敬語、文化歷史……學會連日本人都會對你說「讚」的正確日語

作　　者／蛇蔵&海野凪子
譯　　者／劉艾茹
選 書 人／林秀梅　鍾平
責任編輯／林怡君

副總編輯／林秀梅
編輯總監／劉麗真
總 經 理／陳逸瑛
發 行 人／涂玉雲
出　　版／麥田出版
城邦文化事業股份有限公司
台北市100台北市中山區民生東路二段141號5樓
電話：(02)25007696　傳真：(02)25001966
部落格：http://blog.pixnet.net/ryefield
發　　行／英屬蓋曼群島商家庭傳媒股份有限公司城邦分公司
台北市民生東路二段141號11樓
書虫客服服務專線：02-25007718・02-25007719
24小時傳真服務：02-25001990・02-25001991
服務時間：週一至週五09:30-12:00・13:30-17:00
郵撥帳號：19863813　戶名：書虫股份有限公司
讀者服務信箱E-mail：service@readingclub.com.tw
歡迎光臨城邦讀書花園　網址：www.cite.com.tw
香港發行所／城邦（香港）出版集團有限公司
香港灣仔駱克道193號東超商業中心1樓
電話：(852) 25086231　傳真：(852) 25789337
E-mail：hkcite@biznetvigator.com
馬新發行所／城邦（馬新）出版集團【Cite(M)Sdn. Bhd.】
41, Jalan Radin Anum, Bandar Baru Sri Petaling,
57000 Kuala Lumpur, Malaysia.
Tel: (603) 90578822　Fax:(603) 90576622
email:cite@cite.com.my

美術設計／江孟達工作室
印　　刷／鴻霖印刷傳媒股份有限公司

■2012年（民101）5月　初版一刷　　Printed in Taiwan.

定價／260元

ISBN　978-986-173-771-3